JN391800

www.mayabook.co.kr

www.mayabook.co.kr

동칠,
이계 정착기

**동칠,
이제 정착기 ❷**

지은이 | 가이하
펴낸이 | 권순남
펴낸곳 | (주)마야 · 마루출판사

등록 | 2008. 1. 7(제310-2008-00001호)

초판 인쇄 | 2008. 7. 15
초판 발행 | 2008. 7. 20

주소 | 서울시 노원구 상계 1동 1049-25 신영산업 BD 602호
대표전화 | 02-2091-0291
팩스 | 02-2091-0290
이메일 | marubooks@hanmail.net
ISBN | 978-89-5974-613-2(세트) / 978-89-5974-615-6
정가 | 8,000원

잘못된 책은 교환하여 드립니다.
저자와 협의하여 인지를 붙이지 않습니다.

동칠, 이계정착기

2

가이하 퓨전 판타지 장편소설
MAYA&MARU FUSION FANTASY STORY

마루&마야

목차

제1장. 동칠교 …007

제2장. 누구를 위한 영지전? …037

제3장. 샨, 눌러앉다 …063

제4장. 미지의 힘 …099

제5장. 납치된 샨 …129

제6장. 삼식의 두려움 …157

제7장. 자연재해 미노타우로스 …193

제8장. 칼이 가져온 것 …239

제9장. 아아, 신이시여~ …267

제10장. 치안을 강화하다 …285

제11장. 깨지지 않는 알 …303

때는 아트모스력 977년.

대륙 곳곳에서는 갖은 부조리가 횡행하였다.

지배 계층과 힘 있는 자들이 득세하며 농민들은 착취와 억압에 신음하였고, 고단한 삶을 못 견뎌 스스로 목숨을 끊는 이들도 있었다.

더불어 피폐하고 말라가는 세상이 파탄의 길을 걸어간다고 믿는 이들도 많았다.

자유무역도시 레트란의 상점가 한복판에서 한 남자가 '회개하라!' 라고 써진 팻말을 들고 목이 쉬어라 외쳐 댔다.

"동칠 님을 믿읍시다."

행인들이 기웃거리며 지나치는 건 어제오늘의 일이 아니

었지만, 남자는 신도가 늘어날 것이란 확신을 가지고 있었다.

남다른 사명감을 안고 있기에 모멸감 어린 시선도 무릅쓰는 것이다.

사람들이 관심을 주지 않는데도 외려 목소리는 더 커졌다.

"동칠 님은 기적을 행하시는 분이시오! 그분을 믿읍시다."

동칠교!

와룡반점에서의 일화로 창궐되었다.

누군가로부터 시작된 신도 모집은 늘어가는 신도들에 의해 계속되었고, 지금도 꾸준히 이어지는 중이었다.

그렇게 모집된 동칠교의 신도들이 지금에 이르러서는 추산 가능한 인원만도 5백 명이 넘었다.

지금도 쉬지 않고 신도 모집을 외치는 그를 눈여겨보는 무리들이 있었다.

저마다 선을 상징하는 순백색의 사제복을 입고 있는 사람들.

이들은 인근의 파타마 신전에 거주하고 있지만, 바하트마 신성 제국에 적을 두고 있는 사제들이었다.

"저거 그냥 놔둬도 될까요?"

"그러게 말입니다. 보아하니 사이비 종교 같은데……."

물음과 건의는 중심에 선 단 한 사람을 향해 있었다.

숯을 칠해놓은 듯 시꺼먼 눈썹, 툭 불거진 눈에 고집스러워 보이는 입매의 소유자가 바로 그였는데, 그는 근심 담긴 사제들의 말을 귀담아들으려 하지 않았다.

"개의치 말거라. 저런 작자들은 이전부터 많았지 않았나."

거들떠보지도 않음이다.

실상이 그러했다.

비단 동칠교뿐만이 아니라 말세라는 이유로 사람들을 회유하는 이름 모를 종교들이 많았던 것이다.

종교 단체들이 들어서는 방법도 가지가지였다.

순한 몬스터 하나를 데려다놓고 그 아래 엎드려 숭배하는 이들이 있었는가 하면, 특이한 돌이나 말 못하는 조형물들을 신처럼 떠받드는 경우도 있었다.

하물며 동칠교는 동칠이 기적을 일구어냈다고 믿었으니, 타 종교에 비해서는 양반인 셈이었다.

그가 받아주지 않아서인지 이의 제기는 계속되었다.

"하지만 잔트 님, 동칠교의 문제는 대륙 전역으로 발을 뻗어나가고 있다는 것 아닙니까."

"저런 잡교가 어디 한두 개더냐."

더 떠들기도 귀찮다는 듯 잔트는 그 대답을 끝으로 사제복을 펄럭이며 돌아섰다.

말도 없이 멀어져 가는 그와 동칠교의 신도 모집에 열을 올리고 있는 남자를 번갈아 바라보던 사제들은 늦게나마 잔트를 따르며 하나 둘씩 사라져 갔다.

고깝게 쳐다보던 이들이 사라져서인지 남자는 두 팔을 하늘로 뻗으며 더욱더 신도 모집에 열을 올렸다.

"믿는 자에게 복이 있나니!"

백이면 백 다 외면하는 건 아닌 모양인지, 거지 한 명이 다가오더니 물었다.

"아니, 왜 그분을 믿어야 한다는 겁니까? 그분이 밥을 주시오, 빵을 주시오?"

굶는 게 일상이다 보니 관심사가 온통 먹는 것에 쏠려 있는 것도 무리는 아니었다.

신도가 늘어날 수 있겠다는 기대감에 물들어 남자의 얼굴은 금세 화색이 되었다.

"밥이야 내가 사줄 수 있소."

이처럼 문어발식 확장에 힘입어 동칠교는 날로 번성해갔다.

그러나 동칠교의 신도들은 극히 소수를 제외하고는 정작 동칠을 알지 못했다.

※ ※ ※

서걱.

정확히 두 동강 났다.

두께 25센티미터의 통나무를 매끄럽게 베어내는 일! 검에

기를 싣지 않고는 도저히 못해낼 일이었다.

말인즉슨, 검에 마나를 불어넣었다는 뜻이다.

이제 검기를 쓸 수 있게 된 율카스를 보며 선임 기사들 모두가 박수로 축하해줬다.

짝짝짝!

"이제 너도 소드익스퍼트의 경지에 올라섰구나 축하한다, 율카스."

율카스의 얼굴엔 화색이 만연했다.

"족히 십 년은 걸릴 것 같았는데 제가 운이 좋은 것 같습니다."

"그렇지. 가르데일 공께서 도와주시지 않으셨다면 우린 아직 검술의 진전을 보지 못했을 거야."

율카스의 어깨에 손을 올리며 다독이는 이는 보덴이었다.

그는 종종 '1실버의 검술'이라는 사연을 들고 나와 꼭 티를 내곤 했다.

가르데일에게 1실버를 빌려 주는 일은 별로 어려운 게 아니었지만 그 금액만큼의 검술을 가르쳐 달라고 했고, 그게 빌미가 되어 가르침을 사사받았으니 도두가 자신에게 감사해야 한다는 것이다.

가르데일의 가르침이 기사들의 검술 향상에 상당한 도움이 된 건 부인할 수 없는 사실이었다.

그러나 그들 중 가장 먼저 소드익스퍼트 중급의 경지에 오른 판테스는 이유가 꼭 거기 있지는 않음을 역설했다.
"나는 그렇게만 생각하지는 않는다."
"그렇게만 생각하지는 않는다니요? 그게 무슨 말씀이신지……."
보덴의 물음에 판테스는 그간 느낀 점을 얘기했다.
"너희의 경우야 어땠는지 모르겠다만, 나는 검술의 발전이 이 일을 하면서부터 시작되었다고 생각한다."
"이 일을 시작하면서부터라고요?"
재차 묻는 보덴을 향해 판테스는 고개를 끄덕이곤 진중하게 말을 이어갔다.
"나는 머릿속에서 한시도 검술을 떠나보낸 적이 없었다. 지나치게 몰두했던 것이지. 숲을 봤어야 하는데 나무만 보았다. 그러니 깨달을 수 없었지."
듣기만 하던 하만이 조심스레 끼어들었다.
"그럼 판테스 님께서는 일이 바빴던 데 이유를 두고 계십니까?"
"전부라고 얘기할 수는 없다. 다만 결정적 원인은 거기에 있었다고 본다."
더 무슨 말이 필요하겠냐는 듯 판테스의 다문 입이 다부져 보인다.
카운터는 특성상 다른 생각은 품을 수가 없었다. 일을 하면서 검술을 생각하다가는 아차 하는 순간에 계산이 어긋났기 때문이다.

그건 비단 판테스에게만 국한되는 얘기가 아니었다.

진지한 분위기 속에 하나 둘씩 동감을 표했다.

"그런 것도 같습니다. 되짚어보니 번잡한 생각들을 떨쳐내어 길이 보였던 듯도 하군요."

"저도 별생각 없이 검을 휘두르다 보니……."

하만에 이어 율카스까지 그렇게 말을 하니 보덴은 기분이 나빠졌다.

"그건 말도 안 된다. 생각 없이 검을 휘두른다고 검에 마나가 담겨? 하만 너 역시 번잡한 생각을 떨쳐 냈다고 길이 보였다니, 그럼 가르데일 공께서 하사하신 가르침은 아무 도움도 안 됐다는 얘기냐?"

"그런 말이 아니잖아. 깨달음을 얘기하는 거다. 깨달음이 배워서 얻어지는 것이었냐? 너도 알다시피 그 부분은 가르데일 공께서도 번번이 강조하셨던 부분이다."

하만의 대꾸에 보덴도 더 할 말을 잊은 듯했다.

이에 아직 들뜬 기분을 떨치지 못한 율카스가 말을 덧붙였다.

"따지고 보면 사장님께서 계셨기에 가르데일 공이 친히 가르침을 사사하신 것 아니겠습니까?"

그렇다.

실제적 원인은 그 이면에 동칠이 있었기 때문이다.

가르데일 자신의 체면이 있어 그 입으로 다른 이들에게 드러내놓고 말하진 못했지만, 종업원들 누구나 그가 동칠을 졸졸 쫓아다닌다는 걸 눈치챌 수 있었다.

애초에 가르데일은 와룡반점에 남아 있기 위한 수단이 필요했다.

그런 상황에서 보덴이 우스갯소리로 꺼낸 요구는 더할 나위 없이 좋은 핑계거리였으니, 약조를 하고 이행한 것이었다.

보덴이 의아해하던 부분도 바로 그것이었다.

1실버의 검술이라고 하기에는 그 양이 황송할 정도로 많았다.

그 정도 되는 검사가 어디서 검 한번 휘두르는 시범만 보여 주면 못해도 그 이상의 돈을 받을 것이기 때문이다.

그렇다고 스승께서 자신을 썩 귀여워하는 것 같지도 않았고 말이다.

'뭐, 부인할 수는 없다마는……'

그대로 인정하자니 자신이 너무 초라해지는 듯했다. 아무도 자신의 공을 인정해주지 않아서다.

살짝 토라진 보덴의 어깨에 판테스가 손을 올렸다.

"우리 모두 너에게 고마워하고 있다. 깨달음만 가지고 더 높은 경지에 오른다는 것도 어불성설이니까. 가르데일 공과 사장님 두 분께 감사해야 한다는 취지로 한 얘기였다. 또한 아무리 그분께서 사장님을 좋아하신다 한들, 그 계기를 만들어준 건 너였으니까 우리는 너에게 고마워해야 정상이지."

마음에서 우러나오는 판테스의 치사에도 보덴은 시큰둥한 표정을 내보였다.

"판테스 님께서는 이랬다저랬다 하십니까. 병 주시고 약 주시는 것도 아니고……."

그 말이 우스웠던지 판테스와 하만, 율카스가 동시에 웃어버렸다.

"하하하하."

기사들은 이때껏 경험해보지 못한 감정들을 느끼고 있었다.

신의로 똘똘 뭉쳤던 그들이 이 와룡반점이라는 울타리 안에서 동고동락하며 더 많은 감정에 이끌려, 이제는 형제간에서나 있을 법한 우애까지 느끼는 것이다.

※　※　※

탁!

타탁!

주방 안에서 만드라고라는 정신이 없었다. 어디선가 흘러들어온 쥐 한 마리 때문이다.

동칠교 • 17

처음 들킨 뒤부터 발소리를 흘리며 끊임없이 돌아다니는 녀석을 보다 못해 만드라고라는 직접 쥐잡기에 나섰다.

그리고 그런 녀석을 보며 동칠은 빙그레 웃었다.

양파도 까주고, 시키지 않아도 쥐를 잡으려 애를 쓰는 모습이 기특한 것이다.

애를 써도 좀처럼 잡지 못하는 녀석이 불쌍해 보였던지 동칠은 하던 일도 멈추고 돌아섰다.

'조금만 도와줄까?'

이윽고 동칠의 시선이 싱크대 이곳저곳을 휘젓고 다니는 쥐를 좇았다.

쥐가 아무리 빠르다 한들 사람 눈 돌아가는 것보다 빠를 순 없다.

하물며 날이면 날마다 저장고 안에서 염력 수련을 거듭하는 동칠에 이길쏘냐.

쥐의 움직임을 포착한 동칠이 재빨리 손을 뻗었다.

찌익.

쥐가 비명을 지르는 것도 무리는 아니었다. 열심히 네 발을 놀리고 있지만 허공답보요, 제자리였으니.

기회를 놓치지 않고 만드라고라가 두 손으로 쥐를 덥석 잡았다.

"밖에다 버리려무나."

시키지 않아도 그러려고 했는지 쥐를 들고 주방을 나가는 만드라고라의 뒷모습을 보며 동칠은 고개를 갸웃거렸다.

'청결에 문제가 있었나?'

주방에서 양파 냄새를 풀풀 풍기는 만드라고라가 걸어 나오는 걸 보며 적잖은 손님들이 깜짝 놀랐다.

그러나 몇몇 손님들은 처음 목격하는 일이 아니었던지 함께 온 손님들에게 웃는 낯으로 얘기했다.

"저놈, 여기 명물일세. 내 듣기론 양파를 아주 좋아한다고 하더군. 선물로 양파를 사왔다면 한번 안아볼 수 있었을 텐데."

그러나 손님들이 아무리 많은 양의 양파를 가져온다 해도 동칠 이상의 환심을 사기는 어렵다. 그는 평생의 양파를 책임지기 때문이다.

무심히 손님들을 지나쳐 만드라고라는 쥐를 현관 밖 멀리 내다버렸다.

볼일을 마친 만드라고라가 와룡반점으로 돌아간 바로 직후였다.

나무 뒤에서 불쑥 한 여인이 나타났다.

비단결 같은 붉은 머리칼, 뾰족 솟은 귀, 연한 분홍색의 홍채는 그녀가 보통 사람이 아님을 시사해주고 있었다.

바로 블러드 엘프다.

숲을 사랑하며 어지간한 일에는 고향이라 생각하는 숲을 나가지 않는 엘프들과는 다르게 다크 엘프들이나 블러드 엘프들은 모험심이 투철했다.

그들은 세상에 섞이기를 꺼려하지 않았고, 다수의 인간들처럼 권력과 돈을 탐하는 경향이 짙었다.

하지만 다크 엘프와 블러드 엘프들도 명확히 구분된다.

자신들의 세력을 가지며 뭉치려 하는 다크 엘프들과는 달리 블러드 엘프들은 독단적으로 움직였다.

사자와 호랑이의 경우처럼 말이다.

그녀가 허리를 낮춰 손바닥을 펼쳤을 때, 만드라고라에 의해 들려 나왔던 쥐는 재빨리 먹잇감이 쥐어진 그녀의 손으로 파고들었다.

쥐는 만족했을지 몰라도 그녀의 입에서는 한숨이 흘러나왔다.

"이 정도 정보로는 턱도 없는데……."

중얼거리는 그녀의 다른 손에는 각인을 맺은 쥐의 눈을 통해 와룡반점의 주방 내부를 둘러보던 용도로 쓰이던 수정구가 들려 있었다.

그녀 또한 누군가로부터 고용된 것이다.

고용주는 그녀에게 막대한 이윤을 창출하고 있는 와룡반점의 비밀을 알아봐달라고 했었다.

들어가는 재료하며, 요리법에 이르기까지…….

하지만 막상 본 것이라고는 만드라고라가 양파 까는 것뿐이었으니 한숨이 나올 법도 한 일!

비단 그녀만이 아니었다.

미식가들에서부터 사기꾼, 처세술의 대가에 이르기까지 잇속을 차리고자 하는 무리들이 각지에서 이곳으로 모여들고 있었다.

한편, 만드라고라는 동칠에게 알밤을 얻어맞았다.

딱!

"누가 쥐 만진 손으로 양파 까래? 손을 씻어야지."

주인의 말을 알아듣는 데는 또 일가견이 있어 만드라고라는 뒤늦게 잘못을 깨우치고 손을 씻는다.

동칠은 이제 부쩍 커버려 자신의 허리 반만 한 녀석을 보며 생각했다.

'이제는 꿀밤도 못 때리겠다. 머리 위에서 꽃이 피어나려고 하네.'

실상 불가사의한 일이었다.

양파를 까는 일까지는 그렇다 쳐도 가끔 물도 길어오고 쥐까지 잡는 건 보통의 간드라고라 두뇌로는 무리였기 때문이다.

무엇보다 머리 위에 달린 잎사귀에서 예정보다 훨씬 빨리 꽃이 피어난다는 것이 그러했다.

그러한 정을 알 리 없는 동칠이었기에 녀석이 다른 녀석에 비해 특이하다는 사실도 알 수 없었다.

게다가 만드라고라를 선물해준 파르켈 용병단장 베른은 파견 요청을 받고 외부에 나가 있는 상태라 물어볼 수도 없었다.

'백 일 동안 양파를 먹어 사람이 되려나?'

전에 비해 부쩍 예뻐진 녀석을 보며 동칠은 그렇게 잠시 헛생각을 품었다.

바로 그 순간이었다.

"이놈, 이 몸이 뉘신 줄 알고!"

주방 안에까지 들릴 정도로 큰 목소리에 이어 묵과할 수 없는 소음이 들려왔다.

우당탕!

동칠이 부리나케 홀로 나가 보니, 아니나 다를까 싸움이 벌어졌다.

다리가 부러져 나뒹구는 의자를 사이에 두고 허우대 멀쩡한 2명의 손님이 서로를 죽일 듯 노려보고 있었다. 여차하면 같은 테이블의 사람들도 합세할 기세다.

이런 일은 한두 번이 아니었는데, 대개 보면 손님들 간의 기 싸움 때문에 벌어지곤 했다.

물론 그 외의 경우들도 있다.

이를테면 무협 영화에서처럼 원수지간이 우연찮게 식당 안에서 마주친다거나 하는 상황 말이다.

와룡반점이 워낙 유명한 식당이다 보니 그런 일도 비일비

재했던 것이다.

 이유야 어찌 되었건 가만히 두면 괜한 집기들이 부서지고 손님들이 대피를 명목으로 돈 안 내고 나가는 일이 벌어지니 서둘러 진화해야 한다.

 그런 생각으로 동칠은 두 번째로 날고 있는 의자를 향해 손을 뻗었다.

 팟!

 허공에 뜬 채 멈춰 있는 의자를 보며 손님들이 경악을 금치 못했다.

 "헉, 무슨 일이!"

 싸움의 당사자들도 치뜬 눈으로 근원지를 좇았다.

 벌컥!

 숙소의 장지문이 열리는 소음이 더 커서일까? 너 나 할 것 없이 시선이 그쪽으로 쏠렸다.

 그곳엔 맞고를 치다 신발을 구겨 신고 나온 가르데일과 데몬이 있었다.

 문득 가르데일이 동칠을 지나치며 말했다.

 "이 사람, 문제가 생기면 내가 처리한다고 하지 않았나. 자네의 힘을 아무 데서나 보이지 말아 달라고 내 다시 한 번 당부함세."

 다른 고수들이 엿여 들까 노심초사하는 것이다.

 그러나 그 속내를 알 리 없는 동칠은 그런 가르데일이 그저 고맙기만 했다.

가르데일은 뒷짐을 지고 소동의 근원지로 다가가더니 당사자들을 조곤하게 타일렀다.

"물의를 일으킬 거면 나가주게. 다른 손님들도 생각해야지. 혼자만 사는 세상이 아니지 않나."

처음 보는 자가 와서 대뜸 하는 충고가 거슬렸던지 의자를 집어던졌던 남자의 언성이 커졌다.

"댁이 뉘신데 그러시오."

제 이름 넉 자 나열하는 것도 이제 피곤했는지 가르데일은 입을 다문 채 두 사람의 등만 떠밀었다.

그러자 여러 사람 앞에서 무시당하는 듯한 기분이 들었던지 한 팔에 강철 건틀릿을 착용한 자가 어깨를 사납게 뒤틀어 가르데일의 손을 뿌리쳤다.

그리고선 매서운 눈으로 그를 쏘아보며 모욕적인 언사를 내뱉었다.

"어디 새파란 애송이가!"

그 한마디에 가르데일의 눈썹이 심하게 뒤틀려졌다.

"애송이?"

그는 그다지 좋은 성격이 못 된다.

하룻강아지 범 무서운 줄 모르고 기어오르는 녀석들을 용서해줄 정도로 마음이 넓지 못하다는 뜻이다.

그래도 식당 안에서는 소란을 피우지 말아달라는 동칠의

부탁이 있어 그는 그 얼굴에 푸근한 미소를 곁들인 채 말했다.

"자네, 밖에서 나 좀 보세."

시비가 붙었던 남자는 그에 보란 듯이 발을 쾅쾅 구르며 따라나섰다.

"흥, 겁낼 줄 알고?"

현관을 나선 두 사람은 한참을 걸었다. 남자는 그게 마음이 들지 않았다.

"야, 어디까지 가?"

가시 돋친 물음에 가르데일이 우뚝 걸음을 멈췄다.

"그만 갈까?"

"그래, 인마. 나 바쁜 사람이야."

가르데일이 웃는 낯으로 돌아서자 남자는 자신의 강철 건틀릿을 매만졌다.

"넌 오늘 뒤……."

차마 뒷말은 못 들어주겠던지 가르데일의 신형이 그에게 비호처럼 파고들었다.

퍽! 퍼퍼퍽! 퍽!

어찌나 빠른지 그 손에 잔상이 생길 정도다.

이렇다 할 반격도 해보지 못하고 축 늘어진 사내는 가르데일의 손에 의해 나무 뒤에 버려졌다.

조금 전 발생한 진한 타격음은 식당 내부에까지 들려왔고 손님들에 의해 식당 안이 웅성거렸다.

"무, 무슨 일이래요?"

"글쎄요."

탁탁.

금세 손을 털며 들어오는 가르데일. 그는 손님들이 자신을 어떻게 보건 개의치 않았다.

그리고 자연히 그를 보며 또 한 번의 시비가 생겨났다. 자신들의 동료가 돌아오지 않았음에 한 남자가 벌떡 일어서 이의를 제기한 것이다.

"에스판을 어떻게 한 거지?"

가르데일은 그에게 조용히 다가가 귀엣말로 소곤거렸다.

"자네들 동료? 나무 뒤에서 잠이 들었더군. 안내해줄까?"

남자가 듣기에 털이 쭈뼛쭈뼛 곤두서는 소리가 아닐 수 없었다.

그래도 마냥 이러고 있을 순 없는 노릇. 동료인 에스판이 걱정된 나머지 뛰쳐나가는 남자를 따라 테이블에 앉아 있던 손님들이 우르르 몰려나갔다.

기다렸다는 듯 가르데일이 뒷짐을 진 채 그 뒤를 따라나섰고, 더한 소음을 방지하기 위해서인지 살포시 현관문을 닫았다.

식사를 하던 손님들이 멈춰 있다.

그에 데몬이 흑마법사 특유의 퀭한 낯으로나마 비지땀을

흘려 가며 겁먹은 손님들을 안심시켰다.

"아, 아무 일도 아닙니다. 식사들 하세요."

머잖아 가르데일이 썩 만족한다는 듯 빙긋이 웃으며 들어왔다.

스쳐 지나가는 그에게 데몬이 볼멘 목소리로 항의했다.

"너무 과격하신 것 아닙니까?"

"이 사람, 이번엔 아무 짓도 안 했네. 저치들은 말귀를 알아듣더군."

이어 카운터로 향하다 보니, 에스판과 시비가 붙어 문제를 일으켰던 남자가 기죽은 목소리를 내었다.

"도대체 누구시기에……."

"내가 누구건 말건 이건 예의일세. 자네들만 사는 세상이 아니지 않나. 식사 맛있게 하고, 잊지 말고 계산하고 가게. 저치들도 돈을 내었으니."

정말 받아왔는지 카운터에 5명분의 자장면 값을 떡하니 올려 둔다.

종종 있던 일이라 단테스는 그저 셈을 하고는 돈을 챙겼다.

이 광경을 보고 한쪽 테이블에 앉아 있던 손님들이 무언의 의사라도 건네듯 서로를 바라보고는 진지하게 고개를 끄덕였다.

특히나 동칠을 유심히 보고 있는 자들. 이들은 동칠교의 핵심 간부들이었다.

*　*　*

　날이 저문 시각.
　와룡반점과 인접한 언덕 위 달빛 아래에는 7인의 사람들이 모여 있었다.
　무리 중 가장 연장자로 보이는 나이 마흔쯤의 중년 여성이 딱 잘라 말했다.
　"사람이라면 불가하다."
　그녀는 낮에 동칠이 보인 능력에 대해 거론하는 중이었다.
　다른 6인 또한 그것을 부정할 생각은 없는 모양이었다.
　하지만 의견은 분명히 엇갈렸다.
　"이제 우리의 할 일을 찾았소이다. 우리는 그를 위해 일해야 하오."
　"어디 신이 자신을 따르는 걸 바라오? 우리는 더 많은 사람들을 모아 그를 추앙만 하면 되오이다."
　두 방향 모두 정작 이 세상을 창조한 두 신은 원치 않는 일이었다.
　그들이 창조물들 앞에 모습을 드러내지 않는 이유 또한 그와 같았다.
　신들은 스스로가 만든 세상을 관조하며 뿌듯함을 느끼고

자 함이었지, 피조물들 위에 군림하며 자신들을 위한 희생을 강요하라고 요구하지 않았다.

어긋난 신앙끼리 충돌하며 언성도 높아졌고, 침묵하던 이들까지 끼어들어 말수도 많아졌다.

밤샘의 토론이 이어졌지만 이렇다 할 결론을 도출해내지 못한 자리였다.

결국 7인은 두 부류로 갈라졌다.

동칠의 곁에서 그의 일을 도우며 살아가겠다는 이들과 신도를 더 끌어모아 그를 찬양하는 집단을 만들겠다는 이들로…….

그리고 날이 밝아왔다.

동트기 무섭게 기사들은 제 할 일을 찾아 부산을 떨었는데, 평상시와는 다른 점이 있었다.

두 남자와 한 여자, 그렇게 세 사람이 와룡반즌 앞에 납작 웅크려 있다는 점이다.

다음으로 데몬이 나오고, 그다음으로 가르데일이 나왔지만 엎드린 자들은 두 사람의 안면만 확인하고는 자리에서 미동도 않았다.

마침내 주방을 다 둘러본 후 동칠이 상쾌한 아침 공기나 마시려 나왔을 때, 세 사람은 한목소리로 외쳤다.

"신이시여, 저희를 거두어주십시오."

소리가 자신을 향하고 있지만 동칠은 곧이곧대로 그 말을 받아들일 수 없어 기사들에게 물었다.

"누구냐? 저 사람들?"

"저희도 잘 모르겠습니다."

기사들의 대답이 한결같으니 동칠은 데몬과 가르데일을 보았는데, 차례로 어깨를 들썩거리는 걸 보니 그들이라고 아는 건 없는 듯하다.

또 사장님께서 궁금증을 오래 품으시게 하는 건 예가 아닌가 싶어 보덴이 율카스를 떠밀었다.

마지못해 나가면서도 율카스도 그 뜻을 모르는 건 아니어서, 세 사람에게 다가섰을 땐 용건만 간단히 물었다.

"누구시기에… 아니, 누구를 찾아오신 건지……."

그에 나이 마흔이라고는 믿어지지 않을 만큼의 젊은 피부와 미모를 가진 중년 여인이 고개를 들어 동칠과 눈을 마주치고는 대담하게 입을 열었다.

"저희는 동칠교의 신도들이옵니다. 참된 뜻으로 동칠 님을 따르고자 하오니 부디 내치지 마시옵소서."

나름 큰 목소리라 동칠의 귀에도 분명히 들렸다.

"도, 동칠교가 뭐야?"

어처구니없어 내뱉은 동칠의 질문이다.

그 소리가 너무 작았던 탓에 여인이 못 들었을까 싶어 율카스가 힘을 실은 목소리로 반복했다.

"사장님께서 동칠교가 무엇이냐고 묻고 계시오."

티 없이 맑은 동칠의 눈동자에 잠시 얼굴이 붉어졌던 여인은 황송한 낯으로 고개를 숙이며 다시 동칠의 귀에 들리게끔 크게 말했다.

"저희는 동칠 님께서 기적을 행하셨다는 소식을 전해듣고 이렇게 모였습니다. 기적은 바라지 않습니다. 다만 믿고 따르게 해주시길 간청드리옵니다."

동칠은 웃음까지 곁들여 가며 손사래를 쳤다.

"에이, 전 신 아니에요. 어디서 유언비어를 듣고 오셔서……."

거짓이 느껴지지 않는 말에 세 사람이 동시에 고개를 들어 동칠을 살폈다.

그리고 순간, 거짓말처럼 그들의 뇌리에 비슷한 생각이 스쳤다.

'어쩌면 자각을 못하셨을 수도 있다.'

그릇된 신앙이라 할지라도 맹목적이라면 쉽게 돌이킬 수 없다.

세 사람이 그러했다.

그들은 곧 죽어도 동칠이 신일 것이라 믿고서 깊이 조아렸다. 마음속에 신앙을 오래 키워온 때문일는지도 모른다.

"다 알고 왔사옵니다. 저희를 시험에 들게 하지 마시옵소서."

그런 세 사람을 보며 가르데일은 혀를 끌끌 찼다.
'우민들이로군. 이 사람은 그랜드마스터인데…….'
통상 그랜드마스터라는 말은 존재치 않는다.
아직 마스터보다 우위의 검술을 지닌 사람이 드러나지 않아서다.
그러나 가르데일은 그의 가공할 능력이 꼭 그것만 하다고 여기고 나름의 호칭을 그렇게 붙여 왔다.
자신 또한 저들과 처지가 별반 다르지 않음을 못 느끼는지 그의 얼굴엔 창피한 기색이라고는 전연 없었다.
괜한 사건에 휘말리고 싶지 않아 동칠은 기사들을 시켜 정중히 그들을 내보내라고 했다.
힘에 못 이겨 쫓겨났지만, 그게 끝이 아니었다.
다음 날, 그다음 날, 그리고 또 그다음 날까지 동칠교의 신도를 자처하는 자들은 계속해서 찾아왔다.
단지 그것뿐이었으면 다행이었다.
날이 갈수록 찾아오는 사람들이 많아지는 게 문제였다.
이제는 20명으로 불어나 조아린 자들을 보며 동칠은 생각을 달리 가져야 했다.
"보자 보자 하니까 지금 협박하시는 거예요?"
따갑게 쏘아붙였음에도 어느 누구도 대답을 하지 않는 건 무언의 항의였다.
그들은 더 많은 사람들을 동원해서 동칠교를 믿는 신도들이 이렇게 많다는 것을 보여 주고자 했다. 신이 자신이 신인 것을 깨닫지 못한다면 자신들이 자각시켜 줘야겠다는 야무진 생각을 품은 것이다.

그들은 그렇게 해서라도 동칠의 손에 거두어지고 싶어 했다.

하지만 당사자인 동칠은 곤혹스러웠다.

이를 드러내고 대든다면 마음을 독하게 먹고 손을 보아줄 수 있지만 이 경우는 아니다.

도무지 대책이 떠오르지 않아 답답한 심정에 스라도 빽 지르고 싶었다.

한 가지 명확한 방법이 있기는 했다.

바로 이 앞에서 명을 달리하는 것이다.

이들도 자신처럼 신은 죽지 않는다는 관념을 가지고 있으리란 판단에서였다.

하지만 저들 깨우쳐 주자고 자신이 죽을 순 없는 노릇이었다.

'이성을 잃어서는 안 된다. 차분히 생각하자. 차분히……'

마음을 가라앉히고 보니 저들을 설득할 수 있는 방법이 떠오르긴 했다.

독한 마음을 먹고 동칠은 안으로 들어가 체할 때나 찾던 실과 바늘을 가지고 나왔다. 그리고 납작 웅크린 사람들을 보며 소리쳤다.

동칠교 • 33

"주목!"

누구 명인데 어길쏘냐.

저들의 시선이 자신을 향했을 때, 동칠은 실로 손가락 마디를 둘둘 말아 피가 통하지 않는 부위의 살점을 바늘로 쿡 찔렀다.

따가움이 느껴졌지만, 저 광신도들을 내쫓을 방법은 이것뿐.

검붉은 피가 땅으로 뚝뚝 떨어졌다.

"신이 피가 납니까? 이래도 내가 신이라고 우길래요?"

"흑."

순간, 중년 여인의 흐느낌을 시작으로 동칠교의 남녀노소 할 것 없이 여기저기에서 목 놓아 울기 시작했다.

"엉엉."

"흑흑."

감정이 복받쳐 올라 저마다의 눈이 격변하듯 요동치고는 있지만, 어느 한 사람의 눈에서도 믿음이 흔들리진 않았다.

오히려 뜨겁게 타오르고 있을 뿐.

사실 신이라고 피가 나지 말라는 법은 없었다.

이 세상도 지구와 마찬가지로 창조신이 자신의 형상을 본따 인간과 유사 인종을 창조했다고 알려져 있었으므로.

딴에는 약한 모습을 보이면 믿어주겠지, 라고 생각해서 벌인 일이었거늘 먹히질 않았다.

그 이외에 증명할 방법이 떠오르지 않자 동철은 별의별 이야기까지 다 늘어놓았다.

"이봐요, 난 비도 못 내리고 기적도 못 행사해요. 생각해봐요. 내가 신이라면 왜 음식점이나 하고 있겠어요. 빈둥빈둥 놀지."

그러나 신도들은 도무지 들어먹질 않았다. 보고 싶은 것만 보고 믿고 싶은 것만 믿으려는 것이다.

종업원들도 이 사태가 안타까웠다.

어쩌다가 자신들의 사장님이 신이 되었는지 모르겠지만, 본인은 원치 않는 눈치다.

그에 어떻게든 돕고는 싶었지만 도울 방법이 없었다.

순수한 마음을 가지고 다가오는 사람들을 험하게 내칠 수도 없는 노릇이 아닌가.

'해결을 해도 사장님이 해결하실 문제다. 따로 명령을 내리신다면 몰라도……'

이 문제는 당사자인 동철 이외에 와룡반점 식구들 누구도 끼어들 문제가 아니었다.

일부러 못난 표정을 짓고 TV에서 개그맨들이나 하던 원숭이 흉내를 내봐도 왠지 모르게 저들의 신앙은 더욱 두터워졌다.

어떤 짓을 해도 씨알도 안 먹히니 이제는 동철이 미칠 노릇이었다.

오죽하면 잠시간 '정말 난 신인가?'라는 망상까지 품었겠는가.

정신이 황폐해질 것 같아 사납게 고개를 터는 동칠을 본 가르데일이 동칠교의 신도들에게로 시선을 돌려 안타깝다는 듯 중얼거렸다.

"허허, 착각도 병이로군. 한번 잘못 믿으면 한도 끝도 없다더니……."

정작 가르데일 자신을 모르고 하는 말이었다.

 동칠 소유의 밭에서 농기구들을 들고 있는 사람들.
 그중 화사한 중년의 여인 아말렌이 방금 동칠이 한 말에 토를 달았다.
 "그, 그래도 어떻게 ……."
 "아, 글쎄! 제가 신이건 뭐건 간에 그냥 사장님이라고 부르시라고요. 그게 듣기 편하니까."
 정나미 떨어진다는 소리라도 듣고 싶었는지 다분히 신경질적인 모습을 보이는 동칠!
 하지만 역시나 신도들 누구도 그를 탓하지는 않았다.
 현재 동칠은 이들에게 일을 시킬 작정이었다.
 자신들의 돈을 한 푼 두 푼 보태 이 아래 신전을 건립하고,

동칠 님에게 더 많은 사람들을 끌어오겠다는 얘기를 받아줄 수는 없는 노릇이었기 때문이다.

'일하지 않는 자 먹지도 말라.'라는 말이 있듯이 동칠은 노동 않고 배불리 먹는 꼴은 못 보아줄 것 같았다. 특히나 그것이 그릇된 신앙이 핑계라면 더욱 그렇다.

더군다나 동칠은 자신이 신이 되고 싶은 생각은 눈곱만큼도 없었으니 저들이 떠받드는 게 도무지 마음에 들지 않았다.

고생이라고는 별로 해보지 않았는지 동칠교의 신도들은 저마다 때깔이 고왔다.

'산전수전 다 겪었다던 사장이 말하기를 뱃일보다 힘든 일이 농사일이라고 했다. 뙤약볕에서 밭을 일구다 보면 퍼뜩 정신이 들 수도 있겠지.'

그에게 손해 갈 일은 없었다.

어차피 놀고 있는 밭을 일구는 것이고, 견디다 못해 도망치더라도 떠안은 짐 내려 둔다는 생각에 마음이 후련해질 테니까.

동칠은 일당을 지불하고 불러온, 평생 밭을 일궈 얼굴이 새까맣게 탄 전문 농부를 세웠다.

"앞으로 이분이 여러분에게 일을 가르쳐 줄 겁니다. 누차 얘기하지만 힘들면 안 하셔도 돼요. 아셨죠?"

"그럴 일은 없을 겁니다!"

누군가 대표한 대답에 동칠교 신도들 모두가 수긍하듯 고개를 끄덕인다.

저마다 결의는 가득 차 보였다. 동칠이 시키는 일이라면 뭐든지 다 하겠다는 투다.

그 눈빛들에서 느껴지는 부담감을 떨치지 못하고 동칠은 팔짱을 낀 채 한 발 뒤로 물러섰다.

그러자 곧 얼굴이 까맣게 탄 전문 농부의 일장연설이 시작되었다.

"에, 저는 이웃 동네의 달론입니다. 오늘부터 여러분은 농사일을 하실 건데요. 음, 어디서부터 설명해야 하나?"

사람을 가르치는 일은 또 처음이었던지 달론은 애를 먹었다.

그렇다고 선금을 지불받은 마당에 그만둘 수도 없는 노릇. 부족한 말솜씨를 대신해 그는 실천을 해 보이기로 했다.

"밭을 일단 숨이 잘 통하게 뒤집겠습니다. 곡괭이 좀 이리 줘보세요."

한 신도에게서 곡괭이를 받아든 달론은 숙련된 동작으로 연신 곡괭이질을 하며 시커먼 흙부터 뒤집기 시작했다.

시범을 보이기 위한 것이라 모두 다 자기가 뒤집을 필요는 없어, 3미터쯤 뒤집었을 때 그는 동작을 멈추고는 신도들을 보았다.

"이것 보세요. 흙이 훨씬 좋아졌죠?"

눈치조차 채지 못했는지 신도들 누구도 대답이 없다.
 땀이라도 삐질 흘릴 듯한 표정으로 달론은 뒷말을 이었다.
 "왜, 생기가 묻어나잖아요. 흙이 숨을 쉬는 것 같지 않아요?"
 멍한 상태에서 그제야 자세히 땅을 살펴보는 신도들.
 동칠은 신도들의 미지근한 태도를 문제 삼아 따갑게 쏘아붙였다.
 "에이, 의욕들이 없으시네. 다 못하실 것 같은데 지금이라도 돌아가세요."
 이에 신도들이 눈을 번쩍 빛내며 고성을 내질렀다.
 "아닙니다. 할 수 있습니다!"
 곧 그들은 연습 겸 실전으로 하나 둘씩 곡괭이질을 하기 시작했는데, 제대로 하는 인간이 한 명도 없었다.
 '처음이어서 서툴겠지.' 하고 받아줄 수도 있건만, 동칠은 여전히 팔짱을 낀 채 매정한 말만 내뱉었다.
 "그렇게 하려거든 하지 말아요."
 살짝 나빠지려는 기분을 신도들은 신앙으로 다스렸다.
 '신께서 우릴 시험하시는구나. 흔들려서는 아니 된다. 다 우리를 아끼시기에 행하시는 일이니······.'
 온종일 땅만 뒤집다 보니 신도들은 팔다리의 근육이 뭉치고, 손바닥이 따끔따끔하고 얼얼해졌으며, 얼굴은 고통으로 얼룩졌다.

동칠의 마음도 사실 편치는 않았다.

생판 모르는 사람들을 부려먹으려니 양심의 가책이 느껴졌던 탓이다.

그럼에도 동칠은 모질게 먹은 마음을 뒤집지는 않았다. 여기서 물러나서는 곤란하기 때문이다.

동칠은 신도들이 몇 시간도 못 버틸 걸 예상했건만, 저들은 끈덕지게도 참아냈다.

기어이 한 사람이 탈진으로 쓰러졌다.

너무 심했나 싶어 동칠이 앉아 있던 그루터기에서 일어나려는데, 신도들이 먼저 그에게 다가갔다.

"괜찮소?"

"이보시오, 정신 차리시오."

신도들이 탈진으로 쓰러진 그의 뺨을 몇 차례 두들기고 그 기도를 열어 물을 먹이려는 찰나였다.

번쩍!

스스로 눈을 뜬 그가 사람들의 성의를 물리치고 일어나니, 응당 신도들 저마다의 입에서 경외의 탄성이 터졌다.

"오오~!"

"당신이 정말 참된 신앙을 가지고 있소이다."

신도들은 그 힘의 근원이 신앙으로 얻어진 신성력에 있다고 믿고 있었다.

자기최면 상태에 빠진 걸 자각하지 못하는 까닭인데도.

어찌 되었건 동칠은 동칠교의 신도들에게 오늘은 더 이상 일을 시킬 수 없었다.

신도들 과반수가 초주검이 된 것이, 더 무리를 시켰다가는 누구 한 사람 죽어나갈 것 같았기 때문이다.

그렇다고 이대로 포기할 수는 없었다.

남들로부터 신 행세나 한다고 손가락질 받는 건 정말 싫어서였다.

일단 동칠은 달론을 따로 불러내 오늘은 그만 하자는 말을 남기고, 며칠 상황을 더 지켜보기로 했다.

＊　＊　＊

그로부터 엿새란 시간이 더 흘러갔지만, 동칠교의 신도들 누구도 포기하지 않았다.

그보다 더한 문제는 차츰 그들이 밭일에 적응해간다는 것이었다.

"후우~"

짬만 나면 동칠은 한숨을 내쉬었다.

그러고 보니 오늘은 유독 쉴 시간이 많다.

이상한 기분에 홀로 나가보자 비어 있는 테이블도 몇 개 있었다. 미심쩍은 기분을 떨치지 못하고 현관 밖으로 나가보니 썰렁하다.

"얼레? 오늘 왜 이러지?"

매번 그러했었다.

이 시간대면 홀 안은 손님들로 테이블이 꽉 차 있고 현관 밖으로도 줄이 끊이지 않을 정도로 길게 늘어서 있었건만, 오늘은 웬일인지 그렇지가 않다.

순간, 동칠은 걱정이 앞섰다.

'경영에 문제가 있었나? 그것도 아니면 근처에 대단한 음식점이라도 생긴 건가? 우리 손님들을 죄다 들어갈 정도로?'

혼자서는 아무런 대답을 이끌어낼 수가 없었다.

대화 상대가 필요해진 동칠은 성큼 손님들을 향해 걸어갔다.

낯익은 얼굴들은 여럿이었다.

'그래, 저 사람이라면 알 수도 있겠지.'

동칠은 반달눈썹이 인상적인 이스탄 관문의 경비를 우선으로 점찍고 다가갔다. 마침 식사가 끝나가는 무렵이어서 기다리지 않고 말을 걸 수 있었다.

"툴바 님, 안녕하세요. 오랜만이시네요."

"예, 예."

와룡반점의 사장님이 자신의 이름을 기억해주고 있다는 데 기뻐하며 툴바는 어쩔 줄을 몰라 했다.

한때 그처럼 리온 공국의 녹을 먹는 사람들 간에는 와룡반점의 사장과 친해지면 출셋길이 트이는 것도 문제가 아닐 터라는 말까지 떠돌았다.

당연히 동칠을 보겠답시고 주방 안까지 들어오려는 손님들도 허다했고, 리온의 귀족 또한 그 광경을 목격한 적이 있었다.

그는 그 자리에서 검을 빼어들고 다시 한 번 같은 행위를 할 시에는 좌시하지 않겠다고 엄포를 놓았다.

공왕을 비롯한 왕족들이 동칠을 얼마나 아끼는지 알고 있는 그의 입장에서는 당연한 처사였다.

이후 그런 일은 부쩍 줄어들다가 차츰 사라졌다.

혹여 동칠이 귀족들이나 왕족과 말을 섞다가 그 같은 애로사항을 전하는 날에는 큰일이었기 때문이다.

그러나 오늘은 그가 말을 걸어왔다.

물론 툴바에게 출세를 하겠다는 계산이 숨어 있는 것은 아니었다.

그저 참으로 대단한 사람이 자신의 이름을 기억해주고, 그와 얘기를 나누게 되었다는 데서 마냥 들뜨는 것이다.

동칠은 곧바로 용건을 꺼내었다.

"저, 궁금한 점이 있어서 그러는데요."

"네, 무엇이든 물어보시죠."

"요 근래 새로 개업한 유명한 음식점이 있다거나 하지 않던가요?"

"글쎄요, 제 귀에 들어올 정도로 그렇게 유명한 음식점이라면 와룡반점뿐이었는데요."

동칠이 다른 추측이라도 해보려 턱을 만지며 골몰히 생각에 잠기자 툴바가 막혀 버린 운을 뗐다.

"왜 그러시는지……."

"며칠 전부터 손님이 조금씩 줄어드는 것 같더니 오늘은 통 안 보이시네요."

그러자 떠오르는 게 있는지 툴바는 손바닥을 주먹으로 탁 내려쳤다.

"아, 이유가 있습니다."

"이유요?"

"예. 듣기로는 주변 국 간에 영지전이 벌어지고 있다고 하더군요."

"영지전이요?"

"네, 자세한 내막은 모르겠지만 전쟁통이라 그럴 겁니다. 기다리시면 해결될 겁니다."

영지전.

영지 간의 전투를 일컫는다.

대개는 이해관계가 얽혀 있는 싸움이었다.

툴바와 대화를 마친 후, 동칠은 자신의 방으로 들어가 전에 구입한 책 중 '전쟁의 역사'라는 책을 꺼내들었다.

아직도 이 세상에는 모르는 게 너무 많았다. 바닥에 쌓인

책들은 그래서 구입한 것이었다.

이곳에 온 지 제법 되었기에 이제는 책에 쓰인 대륙 공용어쯤이야 읽을 수 있었으니, 내용을 적독하는 것은 문제도 안 되었다.

근방에서 전투가 벌어진다는 건 그에게 분명한 불안함을 안겨 주었다.

꼭 미사일과 대포가 터지는 현대전이 아니더라도 전쟁은 충분히 무서운 것이라는 걸 역사 교과서에서도 확인하지 않았던가!

'장사 접고 피난을 가야 하나?'

파라락 책장을 넘겨 원하는 부분을 찾고 영지전에 대한 정보를 인지해서야 동칠은 불안함을 떨칠 수 있었다.

"아하, 성이나 땅을 놓고 하는 싸움이라고? 그럼 마음을 놔도 되겠네. 그런데 어느 곳을 두고 하는 거지?"

갸웃거려 봐도 역시나 혼자서 해답을 얻는 건 무리였다.

※ ※ ※

조금 전의 참상을 말해주듯 대지는 피로 얼룩져 있었다.

빗물과 핏물로 질퍽거리는 땅에는 찢겨 나간 두 종류의 깃발과 여러 병장기들이 어지럽게 널려 있었고, 눈을 뒤집고 누워 있는 병사들도 부지기수였다.

그러나 애석하게도 죽은 자들은 이 전쟁이 벌어진 이유조차 알지 못했다.

그곳과 100미터쯤 떨어진 언덕이었다.

말안장을 덮을 정도로 긴 흑색 망토에 잿빛의 중장갑주를 착용한 사내가 말 위에서 전장을 내려다보고 있었다.

"피해는?"

"아뢰옵니다. 기마병 다섯과 보병 사십 명, 전마 일곱에 마법병 둘이 전사하였고, 부상자가 속출해 삼백 명을 넘어섰습니다. 무엇보다……."

"무엇보다?"

"할버트 경이 부상 중입니다."

"그가 부상을 당해? 상태는?"

"본인의 말로는 경미하다고 하였으나 휴식이 필요할 듯합니다."

이야기를 주고받는 귀인들. 이들은 바센 왕국의 페노멘 자작과 그 부관 샤르프 경이었다.

바센 왕국은 295,000평방미터에 총인구 40만을 넘지 않는, 대륙의 여느 왕국들에 비춰볼 때 매우 작은 나라였다.

그렇다고 부유하거나 국력이 강한 것도 아니어서 소국이라 불리기에 무리함이 없었다.

그래서일까?

바센의 왕족들과 귀족들은 호시탐탐 국력을 확장할 기회

를 엿보았다.

페노멘도 그러한 부류였다.

사람 한 명이 아쉬울 판에 하물며 전투병들이야……

벌써 보름.

전투는 점점 난전으로 치달아갔다.

늘어가는 손실에 그의 속이 쓰린 것은 두말할 필요도 없었다.

미리 예견한 일이었음에도 페노멘은 스스로가 주축이 되어 이 전쟁을 일으켰다.

어떠한 전쟁도 이유가 있다.

이 전쟁 또한 그러했는데, 그 이유를 페노멘은 철저히 비밀에 부쳤다.

병사들은 물론이고 심지어는 측근의 기사들에게까지 비밀로 한 전쟁의 이유.

그것은 알타 산과 연관되어 있었다.

'이 영지전을 승리로 이끈다면 도약할 수 있다!'

페노멘은 그렇게 믿었다.

그리고 그것은 상대측도 마찬가지였다.

엄연히 알타 산은 중립지대였다. 또한 누구 하나 거들떠보지 않는 땅이기도 했다.

그러나 사정은 달라졌다.

황금의 땅이 되어버린 알타 산.

현재 알타 산 주위는 유난히 땅값이 높다. 적게는 수십 배에서 많게는 수천 배에 이르기까지.

최고 노른자는 질서 정연하게 들어선 상점가로서, 비싼 땅은 평당 1골드를 호가한다고 했다. 그러니 눈에 불을 켤 수밖에.

그리고 그 원인은 명실상부 대륙 최고의 음식 맛을 자랑하는 와룡반점에 있었다.

'우선은 설득과 회유를 해보겠지만 호락호락하게 넘어오지는 않을 터. 안 되면 무력이라도 행사할 것이다.'

제보다 젯밥이 먼저라고 했던가?

꼭 그가 그러했다.

영지전이 끝나지도 않았는데 와룡반점을 포함한 알타 산 전체를 삼킬 생각부터 하는 것이다.

물론 어디까지나 영지 아래로 편입시키는 게 목적이었다. 그로써 세금을 걷고 재정을 늘리는 것이다.

어쩌면 거기서 창출되는 금액은 상상 이상일지도 몰랐다. 손님이 들끓는 건 비단 와룡반점만이 아니었으므로.

자장면 맛에 힘입어 주변 상점들은 각지에서 몰려든 손님들로 톡톡한 효과를 누리고 있는 셈이었다.

그러한즉 페노멘은 좁게는 와룡반점을, 넓게는 그 주변의 상점들에게서 거둬들일 세금을 노리고 있었다.

'손실을 그것으로 대워야 한다.'

사실 페노멘의 손실은 어제오늘의 일이 아니었다.

영지전을 벌이기 위해서는 티리팔트 숲을 지나 와야 했는데, 그 때문에 그는 긴 시간에 걸쳐 몬스터 토벌까지 감행했다.

몬스터 토벌로 병력과 군량에 적잖은 손실을 입었으나 사냥한 몬스터의 사체로부터 얻을 수 있는 이익은 거의 없었으니, 득보다 실이 많은 셈이었다.

이 영지전의 승리는 그에게 막대한 부와 영예를 안겨 줄 테지만, 그 반대는 가문의 몰락이라는 돌이킬 수 없는 결과를 불러올 수 있었다.

왜냐하면 피해가 너무 컸기 때문이다.

게다가 군자금을 조달하기 위해 영지민들에게 무리한 수탈을 감행하였으니, 국왕이 곱지 않은 시선으로 볼 것은 당연지사였다.

영지민들에게서 거둬들인 건 왕국에 바친 돈이 아니기 때문이었다.

'이미 국왕께 보고는 올라갔을 것. 전하께서 침묵하시는 이유는 결과를 보고자 함이실 것이다.'

벼랑 끝에 선 자의 표정이 이러할까? 페노멘은 그 표정에 여유를 두지 못했다.

그것은 그와 죽을 각오로 전투를 치르고 있는 요네트 왕국의 프라우 남작도 마찬가지였다.

※　※　※

블러드 엘프 샨.

그녀의 어머니가 지어주신 이름이다.

샨은 어릴 적부터 우달리 돈에 대한 집착이 컸다.

그저 돈이 좋아서 어머니 몰래 집 안에 있는 돈을 모두 끌어다 안고 자보기도 했고, 돈 냄새가 좋아 그 예쁜 코에 두드러기가 일어날 정도로 대본 적도 많았다.

그 쓰임을 알게 된 나이에 이르러 샨은 더욱더 돈을 사랑하게 되었다.

돈 때문에 도둑질도 서슴지 않았으며 강도짓까지 해보았다.

"돈을 쥐고 있으면 마음이 푸근해."

어렸을 적부터 입에 달고 산 소리였다.

돈을 만지고 있는 지금도 그때와 기분은 별반 다르지 않았다.

돈한테 싫은 게 있다면 그 특성일 뿐이었다. 무언가를 대가로 지불해야 하는 특성!

주머니에서 빠져나가는 것이다. 무정하게 자신에게서 떠나가는 것이다.

벌고 또 벌어도 돈은 계속 새어나간다.

샨은 그게 싫었다.

항상 많은 돈을 만질 수 있다면 굉장한 행복일 것을…….

그러기 위해서는 감당할 수 없을 정도로 많은 돈을 가져야 한다고 그녀는 생각했다.

때로는 예쁜 옷을 사고, 맛있는 걸 먹고… 쓸데 쓰면서도 아낌없이 만질 수 있을 정도의 돈.

단지 그것을 위해서 일을 하는 것이다.

그녀가 주로 하는 일이란 '젝시 탐정 길드'의 의뢰 해결이었고, 이번에 맡은 의뢰는 와룡반점의 비밀을 캐내는 일이다.

이 일에는 30골드라는 막대한 금액이 걸려 있었다.

성공만 하면 한동안은 따로 벌지 않아도 원 없이 돈을 만질 수 있는 형편을 자신에게 제공할 것이다.

그러나 지난번 생쥐를 침투시킨 일이 실패로 돌아간 뒤, 그녀는 이렇다 할 방법을 찾아내지 못하고 있었다.

"흐음."

생각만 벌써 며칠째다.

원래가 굉장히 신중한 성격이었고, 어설프게 일을 처리했다가는 접근조차 힘들 것 같아 그녀는 굵은 나뭇가지 위에 엉덩이를 걸친 채 고민을 거듭했다.

멀기는 하지만 와룡반점이 한눈에 내려다보이는 높이다.

와룡반점에 거주하는 백발의 남자가 이따금씩 이쪽으로 고개를 돌리고는 했지만, 알아차리진 못한 것 같았다.

오늘은 쉬는 날인데도 와룡반점에는 여러 사람들이 나와 일을 하고 있었다.

바로 야외에 임의로 설치해두었던 테이블을 즐이는 작업이었다.

요 근래 손님들이 확 줄어버려 볼썽사나워진 그것들을 뒤뜰로 옮기는 것이다.

동칠 자신도 나와 거들려 했지만, 기사들이 그것을 용납하려 들지 않았다.

말소리가 들리지 않으니 지금 그녀의 눈에는 그들이 마치 실랑이를 하고 있는 것으로 보였다.

저들 간에 이견 충돌이 일어나는 건 그녀가 알 바 아니었다.

총 7명 중 5명이나 밖에 나와 있어서일까?

그녀는 잠시 생쥐를 침투시킬까 생각했다. 그러나 주방 안에는 만드르고라가 버티고 있을 것!

고개를 털어버리며 그녀는 그 계획을 접었다. 하지만 아예 방법이 없는 건 아닌 듯했다.

"가만, 직접 침투하는 방법도 있잖아."

자신의 입으로 말하고도 꽤 놀랐는지 정색을 한다.

하는 게 식당 일이니, 나름 살벌한 인생을 살아온 그녀에게는 그다지 어렵지도 않을 것이다.

샨은 이런 기발한 생각을 떠올렸다는 데서 스스로가 대견하다는 생각이 들었다.

그리고 생각을 실천으로 옮겨야겠다고 다짐했는지 나뭇가지 위에서 일어섰다.

미풍이 불어와 잎사귀들을 흔들며 향긋한 냄새가 그녀의 코로 스며들었다.

그래도 샨은 돈 냄새가 더 좋다.

표범과 같은 블러드 엘프 특유의 균형 감각을 타고난 그녀이기에 이 정도 경사라면 뛰어 내려갈 수도 있지만, 그렇게 하면 소음이 흘러나가거나 괜한 주목을 받을 수도 있다.

"조심해서 나쁠 건 없지."

옆으로 맸던 소형 배낭을 등 쪽으로 돌리고, 높은 구두에 허벅지가 훤히 드러나 보이는 치마를 걸친 채 그녀는 나무를 타고 조금씩 조금씩 아래로 내려왔다.

곧 구두가 땅과 닿았다.

원래가 낯을 가리는 성격이 아니었기에 샨은 주저하지 않았다.

옷에 묻은 흙을 턴 후, 침 좀 발라 바람이 흩어놓은 앞머리를 살짝 찍어 누르고는 그녀는 곧장 와룡반점을 향해 걸어갔다.

눈 아래 흉터가 있는 보덴이 그녀를 제일 먼저 맞았다.

"오늘 영업 안 하는데요."

샨은 보덴 너머 동칠을 보더니 짐짓 큰 소리를 냈다.

"여기 직원 안 구해요?"

그러나 목소리가 거기까지 닿지는 않은 모양인지 그녀를 상대하는 건 여전히 보덴이어야 했다.

"글쎄요, 그건 사장님께 여쭤봐야겠는데요."

보덴이 알기로 여태 와룽반점에서 일을 하겠다는 사람은 없었다.

구하겠다고 공고를 내지도 않았으니 어쩌면 당연한 일일지도 모른다.

그럼에도 단호히 거절하지 않은 건 이 블러드 엘프가 여성이기 때문도, 외모와 자태가 고와서도 아니었다.

방금 그녀에게 대답했듯 그것은 자신이 결정할 문제가 아니어서였다.

마침 뒤쪽에 동칠이 있어 보덴은 그녀에게 잠시 기다리라는 말을 남기고 그에게 달려갔다.

"사장님, 저 아가씨가 상담 좀 하고 싶으신가 봅니다."

항상 직원들을 식구처럼 대한 동칠이어서 보덴이 하는 말에 허리까지 젖혀 귀를 기울였다.

"응? 상담?"

"네."

동칠의 눈이 유독 크고 뾰족한 귀의 아가씨를 훑었다.

"엘프네?"

"예, 블러드 엘프입니다."

누구를 위한 영지전? • 57

학습의 결과였다.

동칠이 구입한 서적들에는 대개 그림이 삽입되어 있었으므로 외모만 보고도 그녀가 엘프 종족이라는 걸 어렵지 않게 알아챈 것이다.

엘프, 아니 블러드 엘프가 자신을 무슨 일로 찾아온 건지 궁금한 나머지 동칠은 선뜻 그녀 있는 곳으로 발걸음을 옮겨 갔다.

"절 보자고 하셨어요?"

"네, 일 좀 했으면 해서요."

그녀나 동칠이나 서로를 바라보는 눈에는 일체의 사심이 없었다.

다만 그녀에게는 천연덕스러움으로 가장한 계략이 있었다.

그러나 속에 숨긴 걸 캐내는 재주가 없는 동칠로서는 그녀가 내뱉은 말 그대로를 받아들이는 수밖에 없었다.

얼마 전까지만 해도 동칠은 일손이 부족하다고 느끼고 사람을 더 구할까를 고민했었다. 바쁠 땐 식객인 데몬까지 식당 일을 거들었던지라 꼭 필요하긴 했던 것이다.

근방에서 영지전이 벌어지기 전까지만 해도 분명 그랬다.

그러나 손님이 확 줄어버린 지금은 아니었다.

"아가씨, 나중에 다시 와요."

"나중에 언제요?"

"글쎄요… 지금 확답을 줄 수는 없고, 상황을 봐서 쓸 테니까 꼭 와요. 한 보름 뒤에 오셔도 좋고……."

제 속만 차리는 것 같아 조금은 미안한 마음이 들었지만 동칠은 아쉬울 게 없었다.

찾아와주면 써볼 생각이지만, 찾아오지 않으면 다른 사람을 써도 되는 것이다.

반면에 샨은 보름이나 일을 연기시킬 수 없었다.

'어떻게 하지? 어떡해…….'

묘수가 떠오르지 않아 난처하다.

그렇다고 또 먼 곳에서 동태만 살필 수도 없는 노릇이 아닌가.

초조하고 막막한 심정이 그녀의 얼굴에 솔직하게 드러났다.

그 때문인지 동칠이 안절부절못하는 것만 같았다.

'이 사람, 흔들리고 있다.'

두 번 생각할 것도 없었다.

당장에 샨은 그 자리에 털썩 주저앉아 눈을 비비며 흐느꼈다.

"엉엉! 어머니가……."

남자는 여자의 눈물에 약하다고 했던가?

난데없는 신파극에 당황하면서도 바짓가랑이를 붙들고 펑펑 울어대는 샨을 보니, 동칠은 정말 슬픈 사연이 있는 게 아닐까 하여 짠한 마음이 들었다.

"왜 그래요? 어머니가 왜요?"

"흑흑, 어머니가 많이 아프셔서……."

새빨간 거짓말이었다.

그녀의 어머니는 현재 사랑하는 남자를 만나 행복하고 건강하게 잘 살고 있다.

하지만 처음 본 블러드 엘프의 사연일랑 알 리 없는 동칠은 곧이곧대로 그 얘기를 믿는 바람에 결국 마음이 흔들려 버렸다.

"이런 일은 해봤어요?"

도리도리.

고개를 내젓는 걸 보니 처음인 듯하다.

무경험자니 우대해줄 수도 없는 노릇.

그로 인한 손해를 감당해야 하는 입장이어서 동칠은 제 입장을 고수했다.

"월급은 많이 못 주는데 괜찮아요?"

막 고개를 든 샨은 그렁그렁한 눈빛으로 동칠과 눈을 마주한 채 두 손을 모아 간절히 호소했다.

"시켜만 주신다면……."

결국 샨의 여우 짓에 동칠은 감쪽같이 속아 넘어갔다.

"돈 계산 같은 거 잘해요?"

"예, 전 계산의 대가예요."

동칠은 피식 웃고 말았다. 대가까지는 바라지도 않았던 것이다.

※ ※ ※

 영지전의 승리는 결국 바센 왕국의 페노멘 자작에게 돌아갔다.
 악전고투로 인해 피해는 막심했지만 페노멘은 웃을 수 있었다. 바야흐로 자신의 시대가 열릴 것임을 믿어 의심치 않았기 때문이다.
 이제는 왕국 내에서 입지를 굳건히 함과 동시에 막대한 부를 거머쥐게 될 터였다.
 '영지민들에게 원성을 듣고 무리를 해서까지 전쟁을 벌인 보람이 있구나.'
 죽은 자들은 죽은 자들이었다.
 희생이 있음으로 해서 얻어진 결과이거늘.
 그는 죽은 자들에 대해 고맙게 생각할 뿐 그 이상의 가치를 두지는 않았다.
 이제 앞으로 행해야 할 일은 정해져 있었다.
 산 아래 군대를 주둔시키고 땅 소유주들과 상인들을 만나보는 일.
 그중 가장 많은 땅은 와룡반점의 주인이 가지고 있다고

했다.
 회유가 통하지 않는다면 무력을 행사할 것이라는 기존의 입장은 변하지 않았다.
 이미 오고 간 얘기가 있었는지 그의 부관 샤르프가 정중히 고개를 숙였다.
 "그럼 다녀오겠습니다."
 "확실히 매듭을 짓고 와야 하네. 하나, 그를 다치게 해서는 안 되네."
 "여부가 있겠습니까."
 대답이 마음에 들었는지 페노멘은 만족스러운 미소를 떠올렸고, 그길로 샤르프는 기사 둘을 대동한 채 와룡반점을 향해 출발했다.

  그녀는 정말 계산의 대가였다.

  한 번도 틀린 적이 없었으며, 혹 계산을 잊고 나가거나 도망치는 손님이 있으면 끝까지 쫓아가 기어코 받아왔다.

  이런 그녀에게는 한 가지 이상한 점이 있었는데, 바로 시간대별로 표정이 변한다는 것이었다.

  아침에는 그렇게 우울해 보일 수가 없었다.

  그러다 영업이 시작되면 약간 밝아졌는데, 어떤 기대를 안고 있는 것 같기도 했다.

  그리고 첫 손님이 오면 꼭 눈치를 주기 일쑤였다. 빨리 나가라는 것처럼…….

  그 후, 손님이 많아지는 낮 시간부터 그녀의 표정은 환희에 물들어가다가 마침내 저녁 손님들이 몰려올 때는 절정에 다다랐다.

싱글벙글 웃던 그녀가 어두워지는 건 손님이 뚝 끊길 때부터였는데, 마감을 할 때는 기운이 없는지 어깨가 축 처져 있을 정도였다.

기사들 간에는 이런 얘기가 돌았다.

샨의 근처에 가면 항상 짤그랑 짤그랑하는 돈 소리가 난다는…….

그래도 돈이 없어진 적은 없었다.

워낙 정확한 까닭에 마감 때는 1쿠퍼조차 모자라지도, 남지도 않았다.

하루 만에 인수인계를 끝내고 이틀째부터 그녀가 혼자 카운터를 지켰음에도 말이다.

동칠은 그런 그녀를 대견하게 생각했다.

'일하는 거 봐서 월급 좀 올려 주려고 했는데, 너무 잘하네. 어머니도 아프다 그랬으니 조금 더 챙겨 줘야겠다.'

무리도 아니었다.

몇 달을 봐온 판테스도 가끔 실수를 하는데, 며칠 되지도 않은 샨은 도무지 실수라는 게 없었기 때문이다.

카운터에 앉는 순간부터 샨은 외람되게도 자신의 임무를 망각해버렸다.

'세상에 이렇게 행복한 일이 있었어?'

여느 음식점이라면 상황이 다를지도 몰랐다.

하지만 와룡반점은 아니었다.

손님 한 명 한 명분의 음식 값이 비쌌을 뿐 아니라 줄었다 한들 아직까지 많은 손님들이 오갔으니 말이다.

덕분에 저녁까지 그녀는 못해도 3골드 이상을 만질 수가 있었다.

매일매일 자신의 손으로 그 많은 돈을 거두어들이니 마냥 행복한 것이다.

주방을 수색해 요리법과 재료 목록을 유출시키겠다는 목표는 사라진 지 오래였다.

그런 그녀에게 딱 한 가지의 불만이 있다면, 마감 때 그날의 매상을 동칠이 가져간다는 점이었다.

그것 때문에 그녀는 밤마다 베개에 얼굴을 묻고 남몰래 서럽게 울었다.

"훌쩍, 가게에다 놓아두면 좀 좋아?"

그녀 입장에서는 자신이 하루 종일 열심히 수확한 돈을 회수해가는 동칠이 야박하기 그지없었다.

그래도 아직 자신한테서는 풋풋한 돈 냄새가 난다. 하루 종일 돈을 만지고 있으니 당연한 결과였다.

그 냄새를 위안 삼아 그녀는 내일을 생각하며 눈을 감았다.

❋ ❋ ❋

쾅쾅쾅!

누군가 부서질 듯 현관문을 두들기고 있다.

여태 없던 일이라 자신의 숙소인 3번 방에서 그녀는 이불을 걷고 일어났다.

"무슨 일이지?"

장지문을 열어보니 처음 보는 두 남자가 문 앞에 서 있었다. 그리고 그 뒤로도 서너 명의 인영들이 보였다.

굳이 그녀가 나갈 필요는 없었다.

2번 방에서 고스톱을 치던 율카스가 맨발로 허겁지겁 나와 잠금장치를 풀고 손님들에게 말했으니까.

"오늘 영업은 끝났……."

율카스는 말을 끝맺지 못했다.

성질 급한 손님이 그를 밀쳐 내며 안으로 들어섰기 때문이다.

"주인은 어디 있지?"

대화에 응하기 싫을 정도로 무례한 손님이라 율카스의 이맛살이 한껏 찌푸려졌다.

"손님, 허락 없이 들어오시면 안 되죠."

엄중한 경고였다.

하지만 그 경고가 하찮게만 받아들여졌는지 안으로 들어

온 두 남자는 모진 눈으로 율카스를 깔아보았다

 제지에도 불구하고 말을 들어먹질 않으니 율카스는 자존심이 상했다.

 특히나 업신여기듯 내려다보는 눈초리가 썩 마음에 들지 않았다.

 "좋은 말로 할 때 나가지?"

 못할 소리였을까?

 왼편에 있던 우직한 인상의 사내가 뒤로 던져 버릴 요량으로 율카스의 어깨를 잡았다.

 이를 감지한 율카스는 다리에 힘을 주어 버텼다.

 그러자 사내의 얼굴에 잠시 당혹감이 스쳤다. 자신을 상대하는 대상이 평범한 종업원은 아닌 듯했기 때문이다.

 '어디에서 힘깨나 쓰다가 왔나 본데?'

 이에 키가 큰 오른쪽의 사내가 뭐라 쏘아붙이려던 율카스의 다리를 걸었다.

 율카스의 어깨를 쥔 사내에게 허공에 뜬 그의 작은 몸뚱이 하나 집어던지는 건 일도 아니었다.

 의지와는 다르게 율카스는 열린 현관문틈 사이로 붕 떠서 밖으로 날아갔다.

 하지만 보통내기가 아님을 증명이라도 하듯, 율카스는 땅에 떨어지기 전 공중제비를 돌아 바닥에 손을 짚으며 안전하게 착지했다.

우직한 인상의 사내는 거만함에 취해 뒤도 돌아보지 않았지만, 장신의 사내는 그것을 목격했다.

그는 경거망동하지 않고 율카스를 더 주시했다.

하지만 굳이 그럴 필요까진 없는 듯했다. 뒤쪽에 자신의 패거리들이 있었기 때문이다.

역시나 안으로 향하려던 율카스의 어깨를 한 인영이 붙들었다.

"어딜 가려……."

삽시에 인영의 복부에 돌아선 율카스의 발차기가 작렬했다.

퍼억!

둔탁한 소리와 함께 상대의 몸은 붕 떠서 뒤쪽의 인영들에게 안겨졌다.

장신의 사내는 예기치 않게 돌아가는 사태를 더 두고 볼 수 없었다.

"이봐, 잘만. 저 녀석을 처리해야겠다."

맹수처럼 난폭해진 율카스의 기세에 그 눈에 경각심이 곤두섰음이다.

잘만이 돌아서는 찰나, 율카스는 맹렬하게 돌진해오고 있었다.

바로 그때, 누군가의 시위에 매겨져 있던 화살이 활을 떠났다.

피슉!

칙!

파공음을 흘리며 날아든 화살이 살을 찢는 건 일순간이었다.

율카스의 허벅살을 쓸고 지나간 화살은 그대로 날아가 와룡반점의 형광등을 부쉈다.

파각!

형광등 잔해들이 어지럽게 떨어지는 것처럼 율카스도 균형을 잃고 쓰러졌다.

붉은 피가 잔디를 적시고 있지만, 율카스는 신음 소리조차 내뱉지 않고 땅을 짚고 일어섰다.

안에다 고함을 지를 생각은 없었다.

선임 기사들이야 허울 없이 지내왔으니 부르는 건 문제가 안 된다지만, 사장님을 깨울 수는 없는 노릇이었기 때문이다.

또한 소리를 칠 필요도 없었다. 선임 기사들은 이미 방 안에서 나와 있었고, 소음 역시 자신을 내던졌던 우직한 인상의 사내가 내고 있었으니까.

"누가 화살을 날리라고 했나. 내부엔 피해가 없게 하라고 지시하셨지 않았나!"

와룡반점에 들이닥친 불청객의 음성이 커진 것과 동시에 판테스의 눈이 실처럼 가늘어졌다.

그러나 그는 이곳에서 화를 발산할 생각은 없었다.

"나가서 얘기하자."

말과 함께 판테스가 자신의 어깨에 손을 올렸음에도 잘만은 제 용건만을 내세웠다.

"주인은?"

"주무신다. 대답은 우리가 하도록 하지."

잘만은 우직한 판테스가 겁나지 않았다.

그랬기에 그는 판테스의 손을 뿌리치고서 건너편 방의 장지문을 열 수 있었다.

드르륵.

곧 방 안의 모습이 한눈에 들어왔다.

담요가 깔려 있다.

그 위에 놓인 알록달록한 직사각형의 그림 패들을 사이에 두고 두 사내가 앉아 있었다.

사내들의 발아래에는 쿠퍼와 실버 등이 놓여 있다.

처음 보는 광경이었지만, 두 사람이 도박을 하고 있음을 잘만은 어렵지 않게 알아차릴 수 있었다.

물론 그가 궁금한 건 둘이 어떤 도박을 하고 있었느냐가 아니었다.

저들이 가르데일과 데몬이라는 걸 알 리 없던 그는 멀뚱히 자신을 보는 두 시선을 향해 물었다.

"누가 주인이지?"

부랴부랴 보덴이 달려와 장지문 안에다 대고 허리를 숙였다.

"죄송합니다, 어르신. 저희가 처리하겠습니다."

처리란 말에 잘만의 한쪽 눈썹이 꿈틀거렸다.

호된 맛을 보여 주려 그는 엄지손가락으로 가드(검 자루와 검신 사이의 완충 역할을 하는)를 밀어 들고 있던 검갑에서 검을 빼어내려 하고 있었다.

순간, 가트데일이 잘만을 의식하며 손에 쥐고 있던 화투장을 손가락으로 튕겼다.

픽.

화투장의 뒷면인 붉은색은 분명 눈에 띄기 쉬운 색이지만, 잘만의 동체 시력은 감히 그것이 자신의 손을 향해 날아오는 속도를 다라잡지 못했다.

콱!

자신도 모르는 사이에 화투장이 손등에 깊이 박혀 들었다.

이상하게 욱신거리고 기어이 떨린다 싶어 자신의 손을 바라보았더니 손가락 두 마디 정도 크기의 카드가 깊숙이 박혀 있다.

가드를 더 밀어내는 건 고사하고 끔찍한 고통에 얼굴이 종잇장처럼 이겨진다.

"끄윽."

심하게 찢겼는지 사내의 벌어진 살집에서 피가 콸콸 흘러나왔다.

 일이 이상하게 흘러감을 느끼고 장신의 사내는 동료인 잘만처럼 여유를 부릴 새 없이 서둘러 검갑에 손을 가져갔다.

 어느새 자신들의 방으로 뛰어 들어간 하만 역시 검갑 4자루를 몽땅 들고 나왔다.

 그리고는 판테스에게 검갑을 전해준 후, 보덴의 검갑을 허공으로 던졌다.

"보덴, 받아라!"

 이에 보덴이 펄쩍 뛰어 자신의 검갑을 회수하자, 그를 보던 장신의 사내의 눈이 휘둥그레졌다.

 '보, 보통내기들이 아니다……'

 불청객들에게 문제는 거기서 끝이 아니었다.

 데몬까지 나서려는지 옆에 고이 세워둔 지팡이를 잡은 채 땅에 깔린 패들을 밟고 일어섰다.

"이런, 제가 손을 써야겠군요."

"자네……."

 가르데일의 시선은 데몬이 밟아 이리저리 흩어놓은 패들에 머물러 있었다.

 자신의 잘못을 인지했을 텐데도 데몬은 시치미를 뚝 뗐다.

"지금 이게 문제가 아니지 않습니까."

 용납이 안 되는 일이었는지 가르데일에게서 노기충천한 음성이 터져 나왔다.

"피박에 광박이었어!"

 분을 억누르지 못한 소리였다. 그리고 이때껏 중 가장 큰 목소리이기도 했다.

 7점, 11점, 12점, 10점······.

 계속 당하고만 있다가 모처럼 한 방 크게 터트릴 찰나였다. 이런 순간에 들이닥친 불청객이니 처음부터 가르데일의 심사가 크게 뒤틀어진 것이다.

 그의 심사가 어쨌거나 목소리가 크게 터져 나간 후라 제방에서 동칠까지 나와 있었다.

 가르데일은 이제 더는 여유를 부릴 수가 없게 되었다.

 늦으면 동칠이 손을 쓰게 될 수도 있고, 자칫하면 야밤에 또 떠들었다고 고스톱마저 못 치게 될지도 몰랐다.

 가르데일은 신발을 신는 것도 잊어먹고 번개 같은 속도로 홀로 달려 나와 동칠 곁에서 너스레를 떨었다.

 "하하하, 우리가 너구 떠들었나? 이 사람, 낮에 무리했을 텐데 그냥 자게. 이상한 자들이 찾아오는 바람에 소리를 안지를 수가 없었네. 내가 다 처리할 테니 염려 말게."

 사람의 말소리에는 각각 힘이 담겨 있다. 더군다나 소드익스퍼트 하급인 자가 느끼는 가르데일의 목소리에는 마나가 담겨 있었다.

 조금 전 달려 나온 속도만 보아도 그는 범인들과 비교할 존재가 아니었다.

결코 허풍이 아닌 듯해 잘만은 경각심을 곤두세웠다.

지금은 손에 박힌 붉은 카드 따위가 문제가 아니었다. 자신의 손에 카드를 박은 백발의 남자를 제외하고서도 방 안에서는 흑마법사로 보이는 사내가 걸어 나오고 있었고, 범상치 않은 세 사람이 한 공간 안에서 검을 들고 있는 채였다.

'달아나야 한다.'

잘만과 장신의 사내는 그렇게 눈을 맞추고는 고개를 끄덕인 다음 와룡반점을 빠르게 벗어나기 시작했다.

재빨리 하만과 보덴이 그들을 뒤쫓으려는 무렵이었다.

"카타브라……."

데몬이 통 모를 주문을 영창하고 있었다.

그의 일은 그의 일!

보덴과 하만은 저들이 현관문 밖의 인영들과 합류하면 불리해질지 모른다는 판단에 제각기 맡은 한 사람씩을 향해 거리를 좁혀 들고 있었다.

그 순간!

잘만과 장신의 사내 앞쪽으로 허공에 균열이 생기며 차츰 간격이 벌어졌다.

이윽고 길게 찢어진 검은 눈이 눈꺼풀을 들었다.

화악~!

"허억!"

너비 1미터는 됨 직한 정체 모를 눈에 깜짝 놀랐음이다.

둘의 속도가 느려진 틈을 타 하만이 검 자루로 장신의 사내의 뒤통수를 후려갈겼고, 보덴이 잘만의 뒷목을 수도로 가격했다.

빡! 퍼억!

잘만과 장신의 사내는 맥도 못 추고 그대로 무너져 내렸다.

그사이 판테스는 그들을 지나쳐 인영들 앞에 당당하게 섰다.

"네놈들은 누구냐?"

막내 율카스가 부상을 입은 걸 보고 핏발 서린 눈으로 묻고 있지만, 인영들은 그에 응대할 생각이라고는 없었다.

"퇴각하라!"

누군가의 외침에 인영들은 뿔뿔이 흩어지며 달아나기 시작했다.

한밤중의 조촐한 고스톱을 방해한 자들에 대해 악에 받친 종업원들이 그 뒤를 쫓으려 했지만, 가르데일의 목소리가 그들을 잡아 세웠다.

"그만, 이 두 놈이면 되었어."

좌악!

차가운 물이 뿌려졌다.

잘만과 장신의 사내는 그제야 정신이 들었는지 머리를 흔들었다.

그에 머리카락을 흠뻑 적신 물기가 사방으로 털어진다.

두 사람은 자신들이 의자에 앉아 있다는 걸 깨달았다. 또한 손이 의자 뒤로 묶여 있음도 인지할 수 있었다.

잘만의 손에 박혔던 화투장은 뽑힌 지 오래였다.

벽에 붙은 마법등들이 어둠을 밝히고 있다. 이 마법등들은 동칠을 위해 데몬이 설치해준 것이다.

깨어진 형광등은 여분이 있었다. 전기가 통하지 않아 치워도 될 형광등을 다시 갈아 끼운 건 인테리어 면에서 보기 좋았기 때문이다.

물론 동칠은 형광등이 깨어진 것보다 율카스가 다친 것에 화가 났다.

잘만들의 앞으로는 예닐곱의 사람들이 있었는데, 하나같이 개성이 독특했다.

자신들과 마주쳤던 이들을 제하고도 블러드 엘프가 있었을 뿐 아니라, 검은 머리카락의 이방인도 있었고 흑마법사에 백발의 남자도 있었다.

바닥이 흥건해진 까닭에 하만과 보덴은 부지런히 대걸레질을 했다.

원래 이런 일은 막내인 율카스가 해야 맞지만 그는 부상 중이니 별수가 없었다.

밖에서 해도 될 심문을 안에서 하는 건, 혹여나 지나다니는 사람들이 볼까 봐서다. 다시 말해 동칠의 엄명에 의해 이뤄진 일이었다.

심문은 가르데일이 했다.

"이름."

"잘만이오."

"레야."

대답을 듣고 가르데일은 앉은키도 상당한 장신의 사내의 머리통을 갈겼다.

딱!

"끅. 왜 때리는 거요?"

"말이 짧아."

고통은 잠깐이 아니었다.

가볍게 한 대 맞은 것뿐인데 어떻게 된 게 머리가 웅웅거리니 레야는 생각을 달리 할 수밖에 없었다.

"미, 미안하오."

가르데일도 극존칭까지는 바라지 않아서 그 부분에 대해서는 더 문제 삼지 않기로 했다.

"듣자하니 여기 주인을 찾아왔다던데, 무슨 연유로?"

약속이라도 한 것처럼 잘만과 레야는 입을 꾹 다물었다.

영지전에서 패한 프라우 남작은 지푸라기라도 잡자는 심정으로 자신의 기사인 잘만과 레야에게 날랜 병사들을 붙여 주고 가장 핵심 인물인 와룡반점 주인의 납치를 명했다.

잘만과 레야도 일이 어렵지 않을 줄만 알았다.

이런 괴물 같은 자들이 와룡반점에 거주하고 있다는 걸 차마 몰랐던 탓이다.

생각이 길어졌던 탓에 가르데일의 노한 시선이 날아들었고, 두려운 나머지 레야가 무어라도 말을 하려 입술을 떼려 했지만 잘만이 선수를 쳐 입을 열어버렸다.

"명을 받았소."

서슴없이 입을 여는 잘만에게 레야의 고개가 돌아갔다. 눈빛으로나마 다그치는 것이다.

아무리 상황이 이렇다 해서 쉽사리 불어서야 어찌 프라우 남작을 모셨던 기사라고 할 수 있겠는가 말이다.

반면에 가르데일은 순순히 응해줘서인지 잘만을 대하는 표정에 너그러움을 드리웠다.

"말귀를 알아먹는 친구로군. 그래, 어떤 명을 받았지?"

"와룡반점의 주인을 납치해오라고 했소."

레야는 위협에 굴복하는 동료를 용납할 수 없었다.

"잘만, 너 이 자식!"

씹어먹을 듯 노려보고 있지만, 잘만은 한 점의 부끄러움도 없는지 떳떳해 보인다.

오히려 그는 레야에게 성을 내고 있었다.

"그가 우리를 사지로 내몰았다. 이런 곳이었다면 주의를 주었어야 했는데도 말이다. 너는 몰라도 나는 몰인정한 그를 주군으로 인정할 수 없다!"

격분했는지 침까지 튀기고 있다.

참다못한 레야가 잘만을 향해 의자째로 일어나 들이받으려 했지만, 가르데일의 손이 어깨를 짓누르는 바람에 불가했다.

다 털어놓으니 자신의 손을 더럽힐 필요도 없어 가르데일은 잘만에게 더없이 따뜻한 미소를 전했다.

이자들의 감정싸움이야 자신은 알 바 없는 것이다.

"자네 태도가 참 마음에 드는군. 그래, 누가 보냈지?"

잘만의 대답 전 레야가 먼저 입을 열었다.

"여기서 살아나간다고 마음 놓지 마라. 내가 널 가만두지 않을 테니까."

잘만을 향한 살기 맺힌 경고였다.

꼬박꼬박 자신의 말을 잘라먹는 레야에게 가르데일은 슬그머니 화가 났다.

"자넨 오래 살고 싶지 않은 모양이군."

"차라리 죽여라. 나는 말하지 않는다. 난 기사의 도리도 모르는 옆의 속물과는 다르다."

사실 가르데일은 레야 같은 인간을 더 선호했다. 지조와 줏대가 있지 않은가.

하지만 지금은 적인 입장이니 그 반대여야 좋다.

질질 끌면 피곤해지기만 하는 것이다.

고문을 가해야 할 테고, 그로 인해 적잖은 스트레스도 동반될 테니까.

하여, 가르데일은 레야가 은근슬쩍 반말을 한 것도 잊어먹고 잘만을 채근하는 눈초리에 더없는 애정을 실었다.

"자, 어서 말해보게. 혹시 아나? 자네 대답이 마음에 들면 와룡반점의 주인께서 자장면을 한 그릇 내주실지."

포로로 잡혀 버린 이 마당에 무슨 자장면 생각이 날까?

사실 잘만은 그 유명한 자장면이라는 걸 먹어보지도 않았다.

허탈하게 웃은 그는 드디어 입을 열어 그 이름을 올렸다.

"…바센 왕국의 페노멘 자작이오."

새빨간 거짓말이었지만, 누구 휘하라고 명찰을 붙이고 다니는 것도 아니어서 진실인지 아닌지는 분간이 쉽지 않다.

레야는 뜻밖이었다.

그리고 동료의 깊은 속을 헤아리지 못하고 너무 몰아붙였던 것이 못내 미안했다.

그럼에도 불구하고 '연극이 들통 나서는 안 된다.'는 생각에 그는 욕지거리로 잘만을 모질게 다그쳤다.

"이 자식이 기어코! 어찌 그 더러운 입에 주군의 이름을 올린단 말이냐!"

연기에 모자람이 없었던지 가르데일은 골똘히 생각에 잠

졌다.

"바센 왕국이라……."

유랑만도 벌써 10년이라 가르데일은 바센이 어디에 붙어 있는 왕국인지 자세히 알고 있었다.

이제 이유를 묻는 일만 남았다.

시간 끌 것 없이 가르데일은 곧장 물었다.

"그가 왜 와룡반점의 주인을 납치해오라고 했지?"

잘만은 대답을 주저하지 않았다.

"와룡반점과 알타 산을 영지에 편입시키기 위해서."

예측 못한 바였다.

허구한 날 고스톱 삼매경에 빠져 주위를 돌아볼 여유가 없었던 까닭이다.

하지만 의아한 부분은 아직 남아 있었다.

"그런 일이라면 직접 찾아와서 담판을 지어도 될 것인데?"

역시 가르데일은 예리했다.

정곡을 찌른 물음에 잘만은 당황함을 감추기 위해 일부러 악을 써 대답했다.

"말보다 성질이 앞서니 별수 있을까!"

결국 페노멘을 꾸짖는 말인지라 그의 말이 진심인지 의심했던 가르데일도 아리송해질 수밖에 없었다.

한편 동칠은 이 사건의 중심에 있었지만, 상황을 지켜볼 뿐 한마디도 하지 않았다. 여태 문제가 생길 때 그래왔던 것처럼 가르데일이 알아서 다 해줄 것 같았기 때문이다.

그러나 이제는 차마 가르데일이 풀어주지 못한 궁금한 부분을 직접 물어봐야 할 순간이 왔다.

"영지전이 일어났다던데……."

"우리의 승리였지."

"그럼?"

동칠의 되물음에 이번엔 레야가 대답했다.

"그렇소. 알타 산과 와룡반점을 차지하기 위해 벌인 영지전이었소."

생각지도 못한 말이라 동칠은 충격에 휩싸였다.

'그것도 모르고 태연히 장사를 해왔다니……'

동칠의 표정이 급작스레 굳어지는 걸 보며 가르데일은 잘만과 레야를 향해 불쌍하다는 듯이 고개를 저었다.

"자네들 주군은 운도 없군. 이 사람의 성질을 건드렸어."

멋도 모르고 데몬까지 덩달아 말을 보탰다.

"하하하! 이 사람들, 자장면 얻어먹기도 틀린 모양입니다."

우스갯소리였지만 동칠은 계속하여 정색했다.

군대가 이곳을 노린다고 하니 장단에 맞춰 웃을 여유가 없었던 것이다.

"이 사람, 농담이었네. 너무 진지하게 받아들이면……."

채 말을 마치기도 전에 망을 보던 하만이 득달같이 달려와

긴한 말을 전했다.

"사람이 더 오고 있습니다. 육안으로 보아 손님인지 아닌지는 모르겠습니다."

이자들의 패거리라면 그대로 손을 보아주면 된다.

하지만 손님이라면 곤란해진다.

와룡반점 안에서 그 짓을 했다는 얘기가 퍼져 나가면 하나 득 될 게 없는 것이다.

해서, 가르데일은 기사들에게 손짓으로나마 레야와 잘만을 치우라는 명령을 내렸다.

"서둘러."

"예, 어르신."

하만과 브덴이 레야와 잘만을 의자째로 들쳐 메고 4번 방으로 들어갔다. 곧이어 잘만들의 입에는 재갈이 물려졌고, 배와 다리 부분에도 의자와 연결한 노끈이 묶어졌다.

그것으로도 모자랐는지 두 사람이 그 앞에 팔짱을 낀 채 떡하니 버텨 서니 잘만과 레야는 도망을 치려야 칠 수가 없었다.

홀도 분주했다.

율카스와 판테스가 테이블들을 원위치시켜 놓았고, 너저분한 홀을 정리했다.

아무 일도 없었던 것처럼 위장하려 샨이 자신의 방으로 쪼르르 들어가자, 가르데일과 데몬도 서둘러 자신들의 방으로 향했다.

그 도중에 데몬이 걱정 담긴 말투로 물었다.

"똥쌍피 잃어버리지 않으셨죠?"

잘만의 손에 박았던 화투장을 일컬음이다.

이미 묻은 피를 닦아내고 손에 고이 쥐고 있는 터라 가르데일은 넉살좋게 대답했다.

"이 사람, 당연한 걸 묻나."

이윽고 두 사람도 신발을 아무렇게나 벗어두고 방 안으로 들어가 버렸다.

이제 남은 건 동칠과 율카스, 그리고 판테스였다.

세 사람은 방으로 들어가지 않았다.

대신 판테스가 동칠의 명령에 따라 하늘색 물 컵에 물 한 잔씩을 떠와 테이블 위에 놓은 뒤 앉았다.

곧 하만이 본 사람들이 문 앞으로 다가왔다.

쾅쾅쾅!

문을 부셔져라 두들긴다. 인상을 보니 하나같이 험하다.

그에 동칠은 직감했다. 저자들도 좋은 용건으로 이곳을 찾아온 게 아니라는 걸!

판테스가 허리 뒤에 검을 숨긴 뒤 한 손으로 잠금장치를 풀었다.

"영업은 끝났습니다만······."

"식사를 하러 온 게 아니오."

역시다.

판테스는 쓴웃음을 머금고 뒷말을 물었다.

"그럼 무슨 일 때문에 오셨는지······."

"이곳 주인을 만나러 왔소이다."

지금 판테스 자신의 눈앞에 있는 사람은 아까 들이닥친 자들처럼 무뢰한은 아닌 듯 보였다.

하지만 용무는 그자들과 전혀 다를 게 없었다.

율카스가 저린 다리를 붙들고 일어나려 했지만 동칠이 만류시킨다.

대신에 그가 일어났다.

잘만들과 다르게 판테스와 말을 섞었던 문 앞의 남자는 와룡반점 주인의 인상착의에 대해서 들은 게 있는지 동칠을 가리키며 물었다.

"당신이 주인이오?"

피할 생각은 없었기에 동칠은 묵묵히 고개를 끄덕였다.

곧 그가 문 앞을 떡 막아선 판테스를 밀치고 들어서려 했다.

하지만 판테스는 하체에 체중을 실어 한 발도 물러서지 않았다.

그와 팽팽한 기 싸움을 하고 있는 이는 다름 아닌 페노멘 자작의 부관 샤르프였다.

일개 식당 종업원과 다툼질을 벌이는 것도 체면이 안 서는

지라 샤르프는 두어 발 물러섰고, 대신에 험상궂고 덩치 큰 기사가 앞으로 나왔다.

그는 거침없는 으름장부터 놓았다.

"물러서라!"

위협조로 친 소리였지만 그것은 그에게 독이 되었다.

2번 방 문이 열렸고, 3번 방 문이 열렸다.

그리고 4번 방 문도 열리며 안에서 사람들이 쏟아져 나온 것이다.

바로 가르데일과 데몬, 샨과 보덴과 하만이다.

보덴과 하만의 눈짓에 인질들을 감시하려 율카스가 대신해 들어갔다.

홀로 나온 이들은 저마다 방금 전 있던 일에 시치미를 뚝 뗀 채 두리번거리며 물었다.

"아니, 오밤중에 무슨 소리야?"

"아휴, 깜짝이야. 무슨 일이래요?"

하지만 조금 사람이 늘었다 해서 샤르프나 그 기사는 전혀 움츠러들지 않았다.

지금 문 앞에 선 기사 혼자만으로도 식당 안의 사람들을 제압할 수 있을 테니.

더욱 안심일 건, 그와 실력이 엇비슷한 기사들이 넷이나 더 있다는 점이다.

여기서 무력을 쓴다 해도 샤르프는 꿀릴 이유가 없다고 판단했다.

그러나 우선은 대화를 해볼 생각이었다.

"우린 마찰을 일으키러 온 게 아니오. 그대와 얘기를 나누고 싶어 온 것이외다."

"어떤 얘기를?"

쥐꼬리만 한 동칠의 음성에 판테스가 확성기를 단 것처럼 소리쳐 물었다.

"사장님께서 어떤 얘기를 나누러 온 것이냐고 물으신다!"

샤르프는 주객이 전도되고 있다는 느낌을 받았다.

주인이 나와도 시원찮을 판에 종업원 따위가 자신들을 나무라는 듯하질 않은가!

인내심이 바닥으로 가라앉고 있었다.

"우선 비켜 주게. 자네 태도가 일을 악화시킬 수 있네."

좋게 끝내고 싶다는 생각에 슬쩍 밀고자 가져다댄 샤르프의 손을 판테스는 신경질적으로 쳐냈다.

"어딜!"

탁!

기어이 샤르프의 이마에 핏대가 곤두섰다.

자신이 누군가. 페노멘 자작의 부관이다.

그것은 적어도 음식점에서 업신여김을 당할 위치는 아니라 생각되었다.

하여, 그 입에서 곱지 않은 말이 흘러나왔다.

"당장 비켜서지 않으면 무력을 행사하겠다."

움츠러들어야 정상일진대, 문 앞에 선 식당 종업원은 꼭 이런 상황을 예견이라도 했다는 듯이 싸늘하게 웃으며 대꾸했다.

"이제야 본색을 드러내는군."

샤르프의 뇌는 상황이 이상하게 흘러가고 있음을 감지하기 시작했다.

'흡사 지금과 비슷한 경우를 겪어봤다는 투가 아닌가. 더 더군다나 낌새가 이상하다.'

샤르프의 눈알이 식당 내부를 확인코자 부지런히 굴렀다.

불안함은 현실이 되고 있었다.

식당 종업원들이 장검과 단검 등으로 무장을 한 채 잡아먹을 듯 자신들을 노려보고 있다. 바로 전까지만 해도 등 뒤로 숨겼던 무기들이었다.

특히나 잘 벼려진 단검을 거꾸로 들고 있는 블러드 엘프의 눈빛이 오싹했다.

"아……."

아주 나쁜 꿈을 꾸고 있다는 느낌이 들었던지 샤르프는 저도 모르게 신음성을 흘리며 뒤로 물러섰다.

그 자리를 동행한 기사들이 채웠다.

"저희가 처리하겠습니다."

저마다 실력이 뛰어나고 든든한 기사들인데, 이상하게 불안한 기분을 누를 수 없다.

그의 직감은 어긋나지 않는 편이었다. 영지전의 승리도 그가 예측해주질 않았던가!

한발 물러서서 생각해보고자 했지만 이미 사단은 벌어졌다.

현관문과 인접해 서 있던 페랄 경이 검을 빼어드는 과정에서 문을 지키던 와룡반점의 종업원이 어깨로 들이받은 것이다.

퍽!

소리와 함께 페랄 경은 경사로를 데굴데굴 굴렀다.

이 정도로 부상을 당할 리 없어 그는 곧 몸을 일으켜 함께 온 기사들을 향해 소리쳤다.

"쳐라!"

기다렸다는 듯 와룡반점을 향해 달려가는 이들. 그리고 와룡반점 안에서 날듯이 뛰쳐나오는 무리들.

이제 돌이킬 수는 없다.

기사들의 검과 와룡반점 종업원들의 검이 달빛을 베어내며 현란하게 춤을 췄다.

카캉! 깡!

샤르프의 눈도 획획 돌아갔다.

이해할 수 없는 일이었다.

아주 잠깐 파악한 것이지만, 와룡반점 종업원들의 실력이 이상하게 자신이 데려온 기사들을 웃돌고 있다.

그것도 3명이 5명에 맞서 싸우는 중이었다.

그도 그럴 것이 와룡반점의 종업원들은 샤르프가 데려온 기사들에 비해 볼 때 검을 휘두르고 몸을 놀리는 속도 자체가 달랐다. 한참은 빠른 것이다.

또한 자신이 데려온 기사들의 동작이 딱딱 끊어지는 데 반해 저들의 움직임은 물 흐르듯 유연하다.

특히나 문을 가로막았던 종업원의 실력은 그야말로 발군이었다. 찰나에 3명이 공격을 감행했어도 그 하나를 어쩌지 못했으니 말이다.

공격을 흘려보내다가도 기회를 잡으면 파도처럼 몰아친다.

쩡!

아니나 다를까, 판테스의 검을 받아내지 못하고 샤르프 휘하의 기사가 그만 검을 놓쳐 버렸다.

가슴팍으로 검이 날아오는 걸 보고 실색하는 그를 구하기 위해 나머지 두 기사가 판테스에게 합공을 가했다.

"어딜!"

이 또한 판테스는 검로를 틀어 차례차례 막아냄으로써 가볍게 응수했다.

3명의 기사의 공백은 다른 2명의 기사들에게 치명적이었다.

하만과 보덴에게 각각 옆구리와 오른쪽 가슴을 내어준 기사는 선혈을 쏟았다.

몇 번 검을 섞어보지도 못하고 수세에 몰리고 있는 것이다.

샤르프는 경각심이 곤두섰다.

'왜 저런 자들이……?'

와룡반점에 얽힌 내막을 알 리 없는 그로서는 의아할 수밖에 없었다.

저 정도 실력이라면 페노멘 자작이 거느린 기사들을 충분히 상회한다.

검술을 익힌 자들은 응당 기사의 길을 걷게 마련인데, 저들은 그렇지 않았다. 누가 식당 일을 하자고 검술을 배울 것인가 이 말이다.

검을 놓쳤던 기사가 검을 회수했고, 진형도 다시 갖춰졌지만 상황은 말이 아니었다.

찢기고 베인 상처가 없는 기사들이 없었다.

기사들의 체력이 저하되는 건 비단 출혈 때문만은 아니었다. 얼마 검을 섞지도 않았는데 비 오듯 땀을 흘리고 있다. 그들 나름대로는 최선을 다했다는 반증인 셈이다.

이대로라면 누구 하나 죽어가는 게 일도 아닐 터!

저들의 혈전을 지켜만 보고 있을 순 없었다. 그렇다고 퇴각 명령을 내리기에도 여의치 않다.

자신 혼자 빠져나가는 것은 떳떳치 못한 행위였으나, 지금은 희생이 필요할 때!

'무슨 일이 있어도 여기서 살아나가 이 일을 자작께 알려야 한다.'

난전이 벌어지는 틈을 타 그는 와룡반점 사람들의 눈치를 살피며 슬금슬금 뒤로 빠졌다.

그리고 제법 거리가 멀어졌다 싶을 무렵 등을 돌려 근처까지 타고 온 전마를 매어둔 나무까지 달렸다.

끈을 풀기 위해 부랴부랴 나무 뒤로 돌 때였다.

"자네 말인가? 말이 썩 좋질 않군. 갈기도 뻣뻣하고, 윤기도 별로야. 근육도 시원찮고."

자신의 말을 흉보는 게 문제가 아니었다. 그 말의 끈을 다른 남자가 가지고 있다는 게 중요했다.

와룡반점에서 보았던 백발의 남자다.

분명 한참의 거리를 두고 돌아설 때까지만 해도 그 역시 그 자리에 있었다.

믿을 수 없는 현실에 샤르프는 눈을 부릅떴다.

"어… 어떻게……."

"자네가 용무를 마치지 못하고 가, 내 데리러 왔네. 자, 가세."

등으로 닿는 그의 손을 샤르프는 차마 허락할 수 없어 발작하듯 몸을 뒤틀었다.

그러나 두세 차례 뿌리쳤음에도 교묘하게 그 손은 뱀처럼 파고들어 샤르프 자신의 등을 만졌다.

아무런 힘도 실리지 않은 손이었지만, 이에는 공포를 자아내는 무언의 협박이 실려 있었다. 샤르프는 체면도 잊고 두려움에 질린 목소리를 내었다.

"나, 날 보내주시오."

"자넨 와룡반점 주인과 할 얘기가 있다고 하지 않았나. 그냥 가면 안 되지. 내 그것 때문에 먼 걸음을 왔거늘."

샤르프는 조급해졌다.

"도, 돈이 필요하시오? 내가 가진 것 다 드리겠소."

호주머니에 있는 돈 전부를 싹싹 털자 7실버가 나왔다.

가르데일에게 저깟 7실버는 성에도 차지 않았다. 아니, 7골드라 해도 거들떠보지도 않을 것이었다. 그는 오로지 동칠과의 친분이 중요할 뿐이었으므로.

샤르프가 돈을 담은 손을 내미는 걸 본 관계로 가르데일의 부드러웠던 인상에 주름이 졌다.

"자네, 나를 도둑놈으로 모는군. 난 날 모욕하는 행위를 눈감아줄 만큼 너그럽지 않아."

말에도 살기가 실리는 것인지 샤르프의 간이 콩알만 해졌다.

"내가 잘못 알았소. 없었던 일로 해주시오."

호주머니에 다시 돈을 집어넣었지만 하나도 기쁘지 않다.

'벗어나야 한다. 어떻게 해서든 벗어나 이 일을 알려야 한다.'

정보가 부족했었다. 와룡반점에 이런 괴물들이 있다는 걸 몰랐던 탓이다.

어쩌면 페노멘 자작도 위태로워질 수 있다.

자신이 돌아오지 않는 걸 알면 자연히 다른 자들을 보낼 테지만, 만약 총애하는 기사 몇 명만 데리고 직접 행차할 시에는 지금과 같은 상황이 벌어지지 말라는 법이 없다.

'자작계는 저들의 실력에 버금갈 기사가 없다. 특히 그 자······.'

지금 그는 판테스를 떠올리고 있었다.

객관적으로 볼 때 페노멘의 기사들은 도저히 그의 적수가 될 수 없었다.

'엄연히 소드익스퍼트가 있기는 하지만 그를 능가하진 못할 것······. 어쩌면 그자는 소드익스퍼트 중급일 수도 있다.'

상념에 잠긴 동안에 그는 얼렁뚱땅 가르데일에게 이끌려 와룡반점을 향해 걷고 있었다.

가장 중요한 걸 망각하고 있었음이다.

서서히 와룡반점이 보이기 시작했다. 포박을 당한 채 무릎을 꿇은 기사들의 모습이 눈에 밟힌다.

5명 모두다.

순간, 잡생각이 사라졌다.

'한 사람이라도 여길 빠져나갔어야 하거늘······.'
이제 희망은 자신밖에 없었다.
무작정 뛰려는 각오로 샤르프는 돌아섰다.
그 순간, 퍽 소리와 함께 뒷목에 묵직한 통증이 가해졌다.
그의 몸이 무너지는 것처럼 그의 눈꺼풀도 내려앉고 있었다.

촤악!

차가운 물이 샤르프의 감았던 눈을 뜨게 만들였다.

그리고 눈동자의 초점이 맞춰지며 자신을 보는 대상이 나타났다.

칠흑같이 검은 로브를 걸친 자는 데몬이었다.

그는 후드를 벗고 있었지만, 예전처럼 퀭한 눈이 여실히 드러나지는 않았다. 기름기 좔좔 흐르는 자장면으로 끼니를 때워왔기에 전에 비해 제법 살이 올랐던 것이다.

"묻겠소. 누가 당신들을 이리 보냈소?"

먼지 터는 총채로 손바닥을 두들겨 가며 제법 폼을 잡은 채 서성이며 묻고 있지만, 누군가를 지목한 질문은 아니었다.

그러니 아무 데서도 대답이 들려오지 않는 게 별로 이상한 일도 아니었다.

이에 가르데일의 참견병이 도졌다.

"총채, 이리 내게. 심문은 그렇게 하는 게 아니야."

"아까와는 사정이 다르지 않습니까. 이번엔 무려 여섯 명입니다."

내색은 않았지만 요 근래 데몬은 조바심이 나 있었다.

동칠은 그에게 얼마든지 머물러도 좋다고 했지만, 마땅히 하는 일도 없어 이래저래 눈치가 보였던 것이다.

꼬집어서 말하면 기사들, 아니 종업원들이 자신을 보는 시선이 마뜩찮았다.

판테스를 위시한 종업원들은 데몬도 사장님의 손님이어서 당연히 최대한 주의를 한다고 했지만, 바쁠 때 길을 떡하니 가로막고 있는 그를 보고 있노라면 자신들도 모르게 눈이 흘겨지게 마련이었다.

게다가 지금처럼 가끔 발생하는 불미스러운 사건들의 대부분은 가르데일이 처리했으니, 데몬은 설 자리를 잃어버린 느낌까지 받았다.

가르데일과 마찬가지로 그도 동칠에 대한 연구가 필요했기에 눈치 좀 보인다고 해서 와룡반점을 떠날 순 없는 입장이었다.

그렇다고 하루 종일 자장면과 짬뽕을 시켜 먹을 수도 없었다. 질리지도 물리지도 않지만, 그랬다간 하루도 못 버티고 배가 터져 죽을 테니깐.

데몬은 대답 않는 증생들에게 조금 더 가혹해지기로 했다.

"이게 뭔지 아오?"

그의 소맷자락에서 스멀스멀 기어 나오는 건 날개 달린 검은 지렁이들이었다.

이는 흑마법사들이 어둠의 마나가 부족할 때 애용하는 것이지만, 어둠의 마나를 느끼지 못하는 이들한테는 그 살을 파먹는다고 전해진다.

불행하게도 흔한 게 아니라서 알아보는 이가 없었다.

저마다 고개를 젓는 걸 보자 데몬은 난처해졌다. 그리고 결국 자신의 입으로 그 정체를 설명해주어야만 했다.

"암흑의 마나룡."

다행히도 그 말은 알아듣는 이가 있었다.

설명을 듣는 즉시 샤르프의 얼굴이 새까맣게 질려 버렸으므로.

"귀, 귀하는 대체 뉘신데……?"

경악하는 게 무리도 아니었다.

샤르프가 아는 바에 의하면 흑마법사들이라도 암흑의 마나룡을 소지할 수 있는 이들은 극히 한정되어 있었다.

그 자격이 되는 자들이라면 흑마법사 교단에 관계되어 있다고 봐야 한다.

그들이 누군가!

음지에서 이 세상을 쥐락펴락하는 존재들이 아니던가.

정말 샤르프가 이해할 수 없는 건 그렇게 대단한 사람이 왜 이런 음식점에 머물고 있느냐였다.

알아주는 사람이 나와 이제야 폼이 제법 산다고 느껴지자 데몬의 어깨가 절로 올라갔다.

"흠, 아니까 됐군. 그럼 이 마나룡이 당신들의 살에 닿으면 살을 파먹을 거란 것도 알겠군."

생각만 해도 끔찍한지 무릎 꿇린 채 결박당한 기사들과 샤르프의 목으로 침이 꿀떡꿀떡 넘어갔다.

겁에 질린 자들을 보고 일이 순조롭게 풀릴 걸 예상한 데몬은 빙그레 웃었다.

그러나 그들 중엔 유독 필사적인 기사가 있었다.

"그… 그런 것을 우리 몸에 놓는다고 해봤자……."

어차피 다시금 변해가는 눈빛을 보아하니 다들 곱게 불 것 같진 않아 보인다.

데몬은 잘됐구나 생각하고 대뜸 소리친 기사에게 다가갔다.

그는 그 기사로 인해 더한 공포심을 불러일으킬 작정이었다.

마나룡 한 마리를 손가락으로 집어 올려 기사의 팔에 얹으려 하니 모두의 눈이 그 팔로 쏠렸다.

비명도 딱 그때 터졌다.

"안 돼!"

"떽, 닿지도 않았는데 엄살이라니!"

치기 어린 말을 던지는 것으로 보아 사람들은 그가 정말 암흑의 마나룡이라는 걸 기사의 팔에 놓는 잔인한 행각을 벌이지는 않을 것이라 독단했다.

그러나 오판이었다.

그것은 기사의 팔에 놓였고, 데몬의 말이 허언이 아님을 증명이라도 하듯 정말 살을 파먹으며 꾸물꾸물 기어들어간 것이다.

멀쩡한 생살을 갉아먹는데 어떻게 태평할까.

어찌할 수 없는 비명이 와룡반점을 가득 메웠다.

"끄아아악!"

영혼을 쥐어짜는 듯한 처절한 비명 소리와 눈앞에서 벌어지는 끔찍한 광경에 동칠의 얼굴이 사납게 일그러졌다. 그를 접한 종업원들은 하나같이 똑같은 생각을 했다.

'아, 사장님의 심기가 불편하시구나.'

하만이 허둥대며 재갈을 준비해와 기사의 입에 물린 뒤, 식은땀을 훔치며 동칠에게 제 잘못을 아뢰었다.

"휴, 죄송합니다. 미리 준비해두었어야 하는데……."

그제야 동칠의 표정이 조금 편해지기는 했다.

'데몬 저 사람이 무서운 일을 자행하고는 있지만 별수 없

다. 저 사람들이 먼저 칼을 빼들었잖아. 누구 하나 다치기라도 했으면… 이럴 땐 마음을 독하게 먹자.'

마음을 다잡으니 별일 아니었다.

저것보다 끔찍한 광경도 공포 영화를 통해 곧잘 봐왔던 자신이 아닌가.

결국 기사는 거품을 물고 졸도해버렸고, 그의 팔뚝으로 파고들었던 마나룡은 데몬이 손을 뻗자 스멀스멀 기어 나왔다.

암흑의 마나룡을 투입했는데도 어떠한 답변도 얻어내지 못했다.

불고 싶어도 재갈을 물렸으니 어찌하랴.

곤혹스러워진 데몬을 밀쳐 내고 가르데일이 나섰다.

"이 사람, 전혀 실속이 없구먼. 비켜 보게. 내가 하겠네."

페노멘의 기사들과 샤르프가 보기에는 이들은 피도 눈물도 없는 작자들이었다.

그렇다고 샤르프는 기사들이 협박에 굴복하는 걸 원치 않았다.

'누군들 발설하는 자가 있다면 참수를 면치 못할 것이니라.'

하지만 문제는 자신을 잡아왔던 백발의 남자가 자신을 내려다보고 있다는 점이었다.

"이봐."

샤르프는 난처했다.

생전 고문 한번 받아본 적 없었고, 이런 경우에 처해본 적도 없다.

왜 아랫것들을 놔두고 자신부터 찾는단 말인가.

억울함이 앞섰지만 따질 처지도 못 되었다.

봉착한 위기를 벗어나고자 그의 머리는 무섭게 회전했다.

'해법이 없는 건 아닐 터. 아직 우리는 우리의 정체를 밝히지 않았다. 앗!'

그와 맞물려 꾀가 떠오른다.

이 모든 일을 상대 진영으로 뒤집어씌우면 간단하지 않겠는가!

가르데일이 마수의 손을 뻗쳐 오는 것보다 그의 입이 열리는 게 먼저였다.

"크윽, 더는 못 보겠구려. 프라우 남작께서 시키신 일이었소."

그것도 두 눈을 질끈 감으며 고개를 돌리고 하는 말이어서 연기력이 가미되었다.

가르데일이 되물었다.

"프라우 남작?"

"그렇소. 요네트 왕국이오."

"그럼 요네트와 바센 둘 다 여기를 노리고 있었단 얘기로군."

샤르프의 눈이 치떠졌다.

"무슨 얘기요? 나는 요네트라고 말했는데."

가르데일은 이미 샤르프를 의심하고 있었다.

아까 잡아 방에 감금시켰던 두 기사들보다 연기력이 떨어졌기 때문이다.

더군다나 그가 정말 요네트 왕국 소속이라면 이런 상황에서 자신의 왕국을 강조할 리가 없었다.

따로 가르데일이 지시를 내릴 것도 없이 동칠의 종업원들도 이상함을 감지했는지 4번 방으로 들어가 의자에 묶인 두 기사들을 어깨에 걸고 나왔다.

섞이면 또 곤란한 일이라 잘만과 레야를 샤르프와 그 패거리의 맞은편에 놓았다.

서로 대면한 적은 없었는지 두 무리는 마주한 쪽을 멀뚱멀뚱 바라보았다.

재갈을 풀어준 뒤, 가르데일은 잘만과 레야를 향해 장난스럽게 물었다.

"너희는 누구냐?"

"아까도 말했지 않소. 우린 페노멘 자작의 기사요."

샤르프는 방관할 수 없었다.

"무, 무슨 소리를!"

병사들에 비해 기사들의 수는 한정되어 있다.

자연히 자신이 모르는 기사들이 없었는데 저들은 태연히

거짓말을 하고 있는 것이다.

 판단은 곧장 섰다.

 "너희는 누구냐?"

 샤르프의 질문에 줄만과 레야는 어리둥절할 수밖에 없었다.

 "아니, 댁이 왜 참견이오? 우린 이분한테 얘기하는 것을."

 이미 사정을 훤히 꿰뚫어본 가르데일은 능글맞게도 웃고 있었다.

 중간에서 질서를 잡아주지 않자 자연히 두 패거리 간에 말싸움이 오갔다.

 "어딜, 허튼 소리를 늘어놓는 게냐. 바르게 말하지 못할까!"

 "그러는 댁은 뉘시오? 알고나 갑시다. 뉘신데 우리처럼 잡혀 있는 거요?"

 샤르프는 뭔가 일이 심하게 어긋난 걸 느끼고 입을 다물었지만, 두뇌 회전이 늦은 기사 한 명이 그를 대신해서 버럭 소리를 질렀다.

 "우린 프라우 남작님의 기사들이다!"

 코미디도 이런 코미디가 없었다.

 사정을 알아차린 와룡반점의 종업원들은 소리 죽여 킥킥대기 시작했고, 원래 과묵한 판테스까지 그 입가에 웃음이 머물렀다.

뒤이어질 자신들의 처지는 생각지 못하고, 샤르프는 한껏 얼굴을 구기고서 속으로 프라우 남작을 나무랐다.

'약은 자……. 영지전에서 패했으면 조용히 물러날 일이지, 간계를 부리다니…….'

복잡한 문제였다.

2명의 기사가 와룡반점을 노리다가 자신들처럼 붙잡혔다는 건 프라우 남작이 이 일에서 완전히 손을 떼지 않았음을 시사한다.

향후에도 수단과 방법을 가리지 않고 개입할 여지가 있으니, 페노멘 자작의 피해도 여기서 그치지 않을 것이라는 얘기였다.

"어쨌거나 풀어줄 수는 없겠군. 이자들을 다 한곳에 잡아둬야겠네."

한심하다는 눈초리로 그들을 보던 가르데일이 동칠에게 시선을 돌리고 하는 말이었다.

동칠도 그 방법밖에는 없다고 생각해 허락조로 고개를 끄덕였다.

포로로 잡힌 이들에게는 다시금 재갈이 물려졌고, 와룡반점의 종업원들에 의해 한 방으로 이동되었다.

4번 방은 포로수용소가 되어버린 셈이었다.

❋ ❋ ❋

〈당분간 영업 못합니다.〉

동칠이 현관문 앞에 붙인 안내문이었다.
그뿐 아니라 손님들이 드나드는 소로와 등산로에도 이 같은 안내문이 적힌 팻말이 세워졌다.
손님들이 이 일에 얽혀 다치는 걸 미연에 방지하고자 함이었다.
웃음 잘 날 없던 동칠의 얼굴에는 그늘이 드리워졌다.
포로들과 가르데일의 일대일 미팅으로 동칠은 왜 저들이 이곳을 노리는지 또한 알게 되었다. 서로 다른 왕국의 두 귀족이 바로 이 알타 산을 욕심내는 것이다.
저들은 알타 산이 자신들이 모시는 귀족들의 땅이 옳다며 맞서 싸웠지만, 가르데일은 사정을 종합해본 후 동칠에게 돌아와 고개부터 저었다.
"자네 땅이 맞아. 땅값이 치솟으니 욕심을 낸 모양이야."
동칠은 자신을 둘러싼 모든 상황들이 그저 평화롭기만을 바랐다.
재산이야 많다.
합당한 이유라면 양보할 수도 있겠다는 생각까지 했지만, 본인 돈 주고 산 땅들이 아니던가.
물론 저들은 말끝마다 '편입'이라는 단어를 강조했지만 동칠도 바보는 아니었다.

가두고 수탈하려는 작태가 아니겠느냐 말이다.

그 불순한 동기는 동칠에게 반항심을 불러일으켰다.

"내 땅인데 왜 빼앗아."

이미 도합 8명이 잡혀 있다. 저자들을 인질로 붙잡았으니 자신도 무기는 가진 셈이다.

더군다나 종업원들에게 저자들은 식후 운동거리도 안 되었다.

무엇보다 꾸뤼릭을 혼자서 잡는 가르데일이 있고, 흑마법사인 데몬까지 있으니 마음이 든든했다.

그러나 또 와룡반점을 생각하면 불안해졌다.

'말을 안 듣는다고 여길 부수면 어떻게 하지?'

깽판을 부리기는 쉽다.

누구 하나가 독한 마음을 품고 돌만 던져도 유리창이 깨져 나가는 것이다.

동칠의 근심거리는 거기에 있었다.

'와룡반점만 지킬 수 있다면… 와룡반점만…….'

저들도 와룡반점을 부술 마음이 없음을 모르기에 하는 걱정이었다.

하루하루가 고역이었다.

매일 하던 음식을 하지 않으니 손에 가시라도 돋아나는 듯했다.

덩달아 샨의 표정도 어두웠다.

장사를 하지 못해 그 많은 매상을 만질 수 없게 되었으니 짜증이 나고 심술이 생기는 것이다.

그녀는 마치 한 달에 한 번 찾아오는 마법에 빠진 듯했다.

종업원들도 불편하기는 마찬가지였다.

조만간 적들이 급습할 것이라는 핑계로 가르케일이 당분간 가르침을 중단하겠다는 뜻을 전했기 때문이다.

사실 가르데일과 데몬의 입장에서도 작금의 경우는 간단한 문제가 아니었다.

제아무리 자신들이 대단하다 해도 군대와 맞서 싸우기에는 무리가 있다.

그런데도 이렇게 방구석에서 태연하게 고스톱을 치는 것은, 어딘가에 믿는 구석이 있다는 얘기였다.

"어라? 장수가 비네?"

"어르신 발아래 있는 그건 뭡니까?"

과연 데몬이 눈짓으로 가리킨 그곳에는 뒤집어진 패가 있었다.

데몬은 가르데일이 자신이 이번 판에서 크게 뒤집어쓸 것 같아 패를 일부러 흘리는 잔꾀를 부렸다고 생각했다.

역시나 가르데일은 모르쇠로 일관하고는 말도 없이 화투장을 한데 섞어버렸다.

"아차, 내 패를 잘못 섞었나 보네. 다시 함세."

그 치졸하기 그지없는 행태에 급기야 데몬은 눈을 치뜬 채 대들었다.

"정말 이러시깁니까?"

"잘하면 자네, 벌레 풀겠군."

벌레란 암흑의 마나롱을 비꼬아서 하는 얘기였다.

서로 간에 감정의 골이 깊어질 무렵, 장지문이 드르륵 열렸다.

"나도 해요, 그거."

이번에 들어온 카운터를 보는 샨이었다.

"어허, 어딜 아가씨가 남자 방에."

가르데일의 엄한 꾸짖음에도 아랑곳 않고 샨은 구두를 벗어둔 채 총총걸음으로 들어와 앉았다.

"그런 거 안 따지니까 얼른 알려 줘요."

그러나 데몬도 그녀를 반겨 줄 수는 없었다. 바로 전판에 피박을 뒤집어썼기 때문이다.

"저 방에서 하는 건 어때?"

"거기는 사람 다 찼다 그랬다고요. 두 명이서 광을 팔면 배보다 배꼽이 크다고……."

또 듣고 나니 딱해 보였던지 가르데일과 데몬은 서로 눈을 맞추고는 그녀를 받아주기로 합의를 보았다.

워낙 영민한 덕에 그녀는 고스톱의 룰들을 오래지 않아 깨우쳤다.

"아항, 그럼 이렇게 하면 '고도리'라 이거죠?"
"그렇지."
 배우는 게 빨라서인지 가르치는 가르데일에게도 열의가 실렸다.
 그는 십자리 하나를 더 붙여 두며 부연 설명을 더했다.
"이러면 '멍따'가 되는 거야."
"십자리 일곱 개면 '멍따'라는 거죠?"
"그렇지. 그러면 겹수를 두 배로 계산하는 거지."
"그럼 돈도 두 배로 받겠군요?"
"그렇지."
 샨이 눈을 빛내는 그 순간에도 가르데일은 설마 뭔 일이야 있겠냐 싶었다.
 그러나 막상 고스톱이 시작된 이후부터 가르데일과 데몬의 얼굴에는 점차 그늘이 내려앉기 시작했다.
 아무리 처음 배우는 사람이 무섭다지만 판을 다 쓸어가고 있다.
 스톱을 한 상태에서 피박을 면코자 은근슬쩍 자신이 든 패에서 피를 내려놓는 가르데일.
 샨이 예리한 눈빛을 발하며 그 손을 탁 쳤다.
"어허."
"웃기려고 그랬네. 허허."
 돈도 돈이지만 계속 지게 되니 두 사람은 자존심이 상했다.

침울한 얼굴로 있는 그들과 활짝 핀 꽃처럼 환한 샨의 표정이 무척이나 대조적이었다.

 정말이지 요 근래 생겼던 샨의 우울증은 단숨에 날아갔다.
 '세상에 이렇게 즐거운 게 있었단 말이야?'
 다만 후유증이 남았다.
 누워서 천장을 봐도 '똥쌍피'가 제일 먼저 그려졌다. 눈을 감아도 눈두덩이 위로 화투장들이 아른거렸다.
 이제는 불면증에 시달리는 것이다.
 '빨리 날이 밝아야 할 텐데······.'
 그녀가 한번 빠진 고스톱에서 헤어나기도 전에 그들이 찾아왔다.

 "이곳인가?"
 "그렇사옵니다, 주군."
 친히 페노멘이 와룡반점에 걸음을 했다.
 자신의 부관이 돌아오지 않음을 수상쩍게 여기고 사람을 보내 사태의 추이를 알게 된 것이다.
 그는 경솔함을 보이지 않았다.
 와룡반점을 에워싼 병력. 족히 2백은 넘을 것이다.
 이 인원이 돌팔매질만 한다고 해도 와룡반점은 잿더미처럼 와르르 무너지리라.
 페노멘이 이 많은 병력을 이끌고 온 것은 일을 확실히 매둡짓고자 함이었다.

 그는 망토를 걷는 하인이 내온 간이 의자에 다리를 꼬고 앉았다.

 무릎에 팔꿈치를 대고 턱을 괴니 그 늠름함이 위상이 더해졌다.

 생각할수록 저들의 행동이 어이가 없다 못해 우습게만 느껴져 페노멘은 냉소를 머금었다.

 "부관을 감금할 생각을 하다니. 간도 큰 녀석들이군."

 곧이어 부관을 대신해 페노멘의 뜻을 전할 기사가 와룡반점 앞쪽으로 걸어가더니 크게 들이마시던 호흡을 한 번에 터트리며 소리쳤다.

 "와룡반점은 들어라!"

 산야에서 치는 소리는 웅장하게 퍼져 나가다 메아리를 쳤다.

 와룡반점의 사람들이 무슨 일이냐며 하나 둘씩 나오기 시작했고, 기사는 잘되었다는 듯 뒷말을 이어나갔다.

 "그대들은 사자를 감금하는 몰염치한 행동을 그만두고 대화에 응하기 바란다. 아직 기회는 있다."

 주변에 배치된 병력을 확인하고는 와룡반점의 사람들은 눈을 휘둥그레 뜨며 당황했다.

 "어쩌죠?"

 "생각보다 많이 왔는데……."

샨에 이은 데몬의 말이었다.

하지만 가르데일의 얼굴에는 그와 별개로 야멸친 미소가 굳어가고 있었다.

"저것들을 확 쓸어버려?"

"주변을 피바다로 만들 참입니까? 부근에서 역한 냄새가 나면 사람들의 식욕이 잘도 솟겠습니다."

비꼬는 건 알았는지 가르데일은 데몬에게 부리부리한 눈을 했다.

"자네, 요새 너무 기어오르는군. 왜 이러나? 나 가르데일일세."

"어르신의 명성만큼은 아니지만 저 또한 이름이 있습니다."

사실이었다.

둘의 명함만 드밀어도 알 만한 사람들은 기가 죽는다.

문제는 갈 때까지 간 페노멘이 쉽게 물러서지 않으리라는 점이었다.

확실한 힘의 우위를 가르쳐야만 한다.

방법은 얼마든지 있었다.

몇 놈을 본보기로 삼아 끔찍한 손속을 보여 무리들 간에 공포심을 전이시키거나 페노멘을 볼모로 잡아오는 일 외에도 말이다.

대병력을 앞두고 보이는 둘의 태연함에 샨은 넌더리를 쳤다.

"아이 참, 두 분은 걱정도 안 되세요?"

그들이 그러고 있는 사이, 동칠은 입도 닫고 부심했다.

'인질로 잡고 있는 자들을 풀어준다고 해서 저들이 물러가지는 않을 것이다. 싸워야 한다면 싸우겠다. 내 권리를 지키기 위해서. 그런데 저렇게 많은 사람들은 어떻게 상대해야 하는 거지? 불을 피우면 쫓기는 좋겠지만 그럼 내 가게도 다 타버릴 텐데……'

종업원들은 종업원들 나름대로 열의를 표했다.

"사장님께서 명령만 내리신다면 불길 속이라도 뛰어들 각오가 되어 있습니다."

동칠은 그 말을 귀담아듣지 않았다.

어떤 사장이 종업원들을 죽으라고 사지에 내보낸다는 말인가.

아무리 악덕업주라도 그래서는 안 되었다.

동칠이 가장 앞에 있어서일까?

페노멘과 눈짓을 주고받은 기사 한 명이 삽시간에 검을 빼어들고 동칠에게 파고들었다.

그 움직임이 기민하기 그지없어 동칠에게 다다르는 데는 불과 수초도 걸리지 않았다.

그러나 그 기사를 지목한 동칠의 팔이 휘둘러지는 게 먼저였다.

팟!

두둥실 떠오른 기사의 표정이 새까맣게 질린다 싶더니, 곧 그의 몸이 일직선으로 날아가 먼 나무에 부딪쳤다.

우지끈!

콰콰콱!

그 충격을 버티지 못하고 나무가 부러져 버렸으며, 기사의 몸은 한참을 더 날아가 땅으로 반쯤 파고들었다.

단 한 번의 힘을 목격한 것뿐인데, 페노멘은 자리에서 벌떡 일어섰다.

손이 닿지도 않았음은 그도 보았다.

마법을 저렇게 빨리 캐스팅할 수 있는 사람도 있을 리 없다.

예삿일이 아닌 것이다.

그는 식당 주인을 상대하러 왔지, 저런 괴물을 상대하러 온 것이 아니었다.

페노멘의 평정이 흩어진 것에 20여 궁수대가 일제히 활을 들었다.

그러나 공황 상태에 빠진 뒤라 페노멘은 명령을 내릴 처지도 못 되었다.

궁수대를 지휘하는 기사는 언제까지 페노멘의 표정만 살피고 있을 순 없어 허공에 검을 내리그었다.

"쏴도 좋다!"

순간, 팽팽한 시위가 동시에 놓아졌다.

수십의 화살이 하늘을 뒤덮으니 가르데일과 데몬의 입에서 자신들도 모르게 욕지거리가 튀어나왔다.

"썩을!"

"제기랄."

뒤늦게 마나를 배열하며 흑마법을 영창하느라 데몬의 입술이 분주하게 움직였고, 가르데일의 눈은 매처럼 사납게 변했다.

그러나 곧 화살 꼬치가 될 처지에 놓인 동칠이 하늘로 손을 뻗는 게 그들보다 먼저였다.

츠팟!

단지 팔을 뻗은 것 때문이었을까?

무슨 영문인지 수십의 화살들이 시간이 정지해버린 것처럼 허공에 떠 있다.

염력의 힘이 중력의 작용을 방해하는 것이다.

"무, 무슨 일이……."

뭔가에 홀렸는지 멍하니 그 자리에 서 있던 동칠을 구하고자 달려 나가던 가르데일이 제자리에 멈춰 섰고, 데몬의 지팡이에 뭉쳤던 흑마법의 기운이 사방으로 흩어졌다.

페노멘 자작과 그 휘하의 기사들, 그리고 병사들이 접하는 놀라움이란 기존에 동칠의 힘을 알고 있던 사람들에 비할 게 못 되었다.

오죽했으면 턱이 빠져라 입을 벌리고서 자신들이 헛것을

보고 있는 게 아닐까 란 착각에 빠졌을까.

이윽고 염력이 거두어졌는지 힘을 잃은 화살들이 땅으로 곤두박질쳤다.

후두두둑.

확실히 지금의 힘은 종전과는 달랐다. 범위 염력이 그 진가를 발휘한 것이다.

가르데일은 놀라움을 떨쳐 내며 동칠에게 다가가다 흠칫 놀랐다.

"자, 자네, 눈이……."

기이하게도 동칠의 홍채가 금빛을 발하고 있었다.

사람이 맞기는 한 건지 가르데일은 동칠에게 이질감까지 들었다.

"이 사람, 제발 참아주게. 내 검을 뽑겠네."

너무 다가서서일까?

팔을 붙들려는 가르데일에게 동칠이 또 손을 뻗었다.

그 역시 허명을 가지고 있지 않았음을 증명이라도 하듯 가르데일은 그 즉시 검갑을 땅에 찍었다.

그러나 엄청난 힘으로 버티고 있음에도 그의 몸은 자신의 애검과 함께 뒤로 죽 밀려났다.

지이이익.

그가 찍은 검갑으로 인해 대지에는 깊은 상흔이 생겨났고, 거기에선 김이 모락모락 피어올랐다.

가르데일은 자신을 밀쳐낸 동칠에게 원망을 품지 않았다.

'성질이 단단히 난 게로군. 그건 그렇고, 저 힘은 바람의 성질이 아니다. 무엇보다 저 눈……'

선사로부터 가르데일은 검의 경지에 대해 들은 적이 있었다.

그리고 지금, 그는 스승으로부터 극한으로 검술을 연마할 때 정신에 혼탁한 기운이 들어갈 수 있음에 관해서 들었던 기억을 떠올렸다.

'이 사람은 지금 나로서는 다가갈 수 없는 경지까지 다다른 게야. 그건 그렇고 그의 힘은 불안정일까?'

스스로 해답은 찾을 수 없었다.

정말 불안정한 상태였다면 동칠이 자신에게 살수를 펼칠 수도 있었을 테니까.

'길게 생각할 틈이 없다. 그가 더 노하기 전에 정리해야 한다.'

그렇게 결심을 굳히고서 가르데일은 입술로 손가락을 가져가 휘파람을 길게 불었다.

휘이이익~

기다렸다는 듯 땅을 뒤집고 일단의 인영들이 솟구쳤다.

흑의 무복을 걸친 채 등에 거도를 멘 복면인들. 도합 5명이었다.

나타나기 무섭게 재즈 그들은 가르데일을 향해 부복을 해

미지의 힘 • 123

보였다.

"공작 각하를 뵙습니다."

가르데일은 그들의 인사를 받아주는 대신 동칠을 향해 사정조로 얘기했다.

"이젠 화 좀 풀게. 내 저놈들의 목을 떼어다 자네에게 바칠 테니."

이에 복면인들은 땅에 이마를 대고서 가르데일에게 청했다.

"지엄하신 명을 내려 주소서. 저희 모두가 한뜻으로 받들어 모시겠나이다."

이를 보던 데몬이 쉰 목소리로 툴툴거렸다.

"도대체 언제 부르신 겁니까? 이 사람들은."

"며칠 됐네."

대륙의 정세에 능한 데몬은 소드마스터이자 이스라온 왕국의 공작이었던 가르데일을 그림자처럼 따르는 이들이 있음을 들어서 알고 있었다.

'섀도우 소더'라 불리는 그들은 제각기 막강한 실력자로서 개개인의 실력을 가늠할 수 없을 정도라고 했다.

물론 가르데일을 능가할 정도는 아니겠지만.

그런 저들이 이곳에 모습을 드러냈다는 건 분명 보통 일이 아니었다.

데몬의 투덜거림은 아직 끝나지 않았다.

"이거 괜히 불러온 게 아닌지 모르겠네."

"응?"

가르데일의 의아함 뒤, 곳곳의 나무 위에서 새까만 로브를 걸친 흑마법사들이 드러났다.

"자네도 불렀나?"

"그럼 저라고 매일 신세만 질 줄 아셨습니까?"

얘기가 마무리되어지기도 전에 산을 쩌렁쩌렁 울리는 음성이 메아리를 쳤다.

"귀하가 바센의 귀족이라 하시었소?"

모두의 이목이 목소리가 들려오는 뒤편으로 쏠렸다.

그곳에는 파르켈 용병단의 단장 베른이 자신의 용병단을 대동한 채 서 있었다.

그는 매우 화가 난 얼굴이었다.

또 그가 자신을 지목하고 있음을 알아챘는지 페노멘 자작은 핏대 선 눈으로 그를 응시하며 곱지 않은 목소리로 물었다.

"귀하는 뉘시기에?"

"파르켈 용병단의 단장 베른이외다."

그 이름이 전해주는 위명은 페노멘도 느낄 수 있는 것이었다.

'파르켈 용병단장이 여기는 왜?'

부릅뜬 눈이 원래의 크기로 돌아가기도 전이었다.

"베른 단장만큼은 아니지만 우리도 힘을 실어줄 것이오."

이번엔 우측이었다.

와룡반점 근처에 자리한 각 길드들. 여행자 길드를 비롯한 상인 길드, 대장장이 길드의 실세들이 협력자들과 함께 병장기를 들고 서 있었다.

그 협력자들이 또 무시 못 할 위인들이었다.

"비스크의 워리어 쟈르드입니다. 저자는 아켄의 지도자 힘멜이고, 바람의 샤벨이라 불리는 로제 양도 있군요."

페노멘의 기사단장은 그들의 얼굴을 알아보는 대로 바쁘게도 아뢰고 있었다.

그러나 페노멘은 그의 아룀을 일일이 다 듣고 있을 생각이 없었다.

수만 헤아려 봐도 이쪽과 비슷하다.

더 큰 문제는 산 아래에서 올라오는 행렬이 아직까지 이어지고 있다는 점이었다.

물론 그중에는 밭일하다 올라온 동칠교도 있었지만, 그것까지는 페노멘이 알 리 없었다.

"어… 어찌 된 일이……."

경기라도 일으키는 양 그는 몸을 부들부들 떨었다.

이 와중에 가르데일을 먼발치에서라도 본 적이 있던지 그를 알아보는 페노멘의 병사가 있었다.

그의 입은 다른 병사에게 그 사항을 전달하기 시작했고,

종국에 가서는 기사와 기사단장의 입을 통해 페노멘에게까지 전해졌다.

"저분, 가르데일 공이라고 합니다."

다리에 힘이 풀려 버렸는지 페노멘은 뒤에 있던 의자에 풀썩 주저앉았다.

아닌 게 아니라 정신이 혼미해질 지경이다.

'어째서 이런 일이 일어난 거지? 어째서?'

세상이 자신에게서 등을 돌린 것 같았다.

그렇게 애를 써서 영지전을 승리로 이끌었는데 더 힘한 난관, 아니 자신의 힘으로는 도저히 부술 수 없는 벽이 눈앞을 가로막고 있었다.

싸워봐야 헛일이었다.

진즉에 깨우친 일을 이제야 인정하고, 페노멘은 다리에 힘을 주어 어렵게 일어섰다.

그리곤 와룡반점의 주인으로 보이는 동칠을 향해 사정조로 부탁했다.

"내 부관과 기사들을 들려주시게. 그냥 돌아갈 테니……."

동칠의 눈과 의식은 조금 전 원상태로 돌아와 있었다.

그는 많은 사람들이 와 있다는 것에 놀랐고, 눈앞의 상대가 그냥 돌아가겠다고 하는 데 더 놀랐다.

곧 동칠은 인질들을 데려오라고 종업원들에게 시켰다. 그러자 곁에 있던 판테스가 조용히 아뢰었다.

"사장님, 이 자리에서 저들에게 다시는 와룡반점을 침범하지 않겠다는 약조를 받아내셨으면 합니다."

그런 판테스의 의견을 높이 사 동칠은 협상 테이블을 요청, 각서를 작성한 뒤 그의 부관 샤르프와 기사들을 돌려주었다.

돌아가는 페노멘의 어깨가 낮게 가라앉았다.

'이제 난 어디로 가야 하는가……'

가르데일은 그의 등 뒤에 대고 은근한 협박을 날리는 걸 잊지 않았다.

"이보게, 젊은이. 다음에도 오늘 같은 일을 벌일 시에는 나를 상대해야 한다는 각오로 와야 할 게야. 그리고……."

마저 못한 뒷말도 한 호흡 뒤 이어졌다.

"오늘 봤던 것 잊게. 이 친구의 힘을 발설하는 순간, 내 오밤중에라도 자네를 찾아가 따질 터이니……."

 리온의 사자가, 와룡반점을 노릴 시 페노멘의 근대에 맞서 병력을 급파할 용의가 있다는 공왕의 친서를 들고 왔지만 한발 늦었다.
 사태는 이미 정리된 것이다.
 데몬과 가르데일, 동칠 세 사람은 마법사를 대동한 채 민망하게 돌아가는 사자에게서 시선을 거둔 지 오래였다.
 프라우 남작의 기사들까지 돌려보낸 후, 동칠은 땅에 떨어진 궁색한 화살들 중 하나를 주워 살피고 있었다.
 "이게 제가 한 거라고요?"
 시치미를 뚝 떼는 듯하자 가르데일이 빽 소리를 질렀다.
 "다 알고 있네! 우릴 놀리지 좀 말게."

그는 분명 목격했다. 수십의 화살들이 허공에 떠 있던 것을!

뇌리에서 쉽게 지워지지 않을 장면이었다.

그 때문에 데몬도 나름의 상념을 지우지 못하고 있었다.

'마법일까, 검술일까……?'

풀지 못한 숙제. 그 실마리가 풀리면 두 사람 중 한 사람은 여기를 떠나게 될 것이다.

그러나 한 번도 동칠이 이에 대해 명확히 해명하지 않아 누구도 떠날 수 없는 처지가 되어버렸다.

이 무렵 또 하나의 상념이 데몬의 뇌리에 똬리를 틀었으니…….

'어쩌면 검술과 마법 모두에 적용될 수 있는 힘일지도 모른다. 이를 알아낸다면 난 유구한 마법 역사에 한 획을 긋게 될 것이다.'

꼭 가르데일이 품고 있는 생각이었다.

'네 녀석 속을 모를 줄 알고?'

매일 맞고를 치면서도 한없이 서로를 경계하는 사람들.

그런 두 사람이 동칠은 어쩔 땐 한집에서 키우는 고양이와 개 같다고 느껴졌다.

속에 담아둔 그 말을 농담 식으로라도 꺼낸다면 벌컥 화를 낼 것임이 분명하다.

그는 오늘 페노멘 자작을 물리쳐 준 두 사람에게 정말 고마운 마음만을 간직했다.

또한 자신이 잠깐 넋이 나간 사이, 화살을 맞을 위기에서 구해준 고마움도 잊지 않을 것이다.

그러나 두 사람만에 대한 고마움은 아니다. 3백 명이 넘는 사람들에 대한 고마움도 고마움이었다.

종업원들이 와룡반점을 위해 이곳에 달려와 준 사람들을 인솔하여 데리고 올라오는 광경을 보며 동칠은 서둘러 주방으로 향했다.

3백 명분의 자장과 짬뽕을 만들려면 한참이 걸릴 것이다.

오늘은 장사가 아니라 은혜를 갚는 날이었다.

길드 사람들과 상점 주인들이 비단 동칠에게 도움을 주기 위해 온 것만은 아니었다.

와룡반점이 사라지면 장사가 안 될 테니, 그들 또한 와룡반점을 지켜야 할 명분이 있던 것이다.

더군다나 페노멘이 패를 나눠 벌집을 쑤셔 놓았으니, 그들을 하나로 뭉치게 하는 데 지대한 공헌을 해버린 셈이었다.

상인들과 길드 사람들에게 공짜로 제공되는 자장면은 정을 불러일으켰고, 묘한 유대감을 형성하며 한 울타리를 만들었다.

"우리 상단이라도 만들어야 하는 것 아닙니까?"

"상단이요?"

"앞으로도 이런 일이 벌어지지 말라는 법이 없잖습니까. 우리 스스로가 지켜 나가야지요."

테이블 한쪽에서 나온 소리는 순식간에 전파되었다.

"그럽시다. 까짓것 만듭시다."

"옳소."

찬성의 목소리들은 기어이 설거지에 몰두하던 주방 안의 동칠까지 불러냈다.

"우린 상단을 만들기로 했소이다. 와룡반점의 주인께서 그 중심에 서주셨으면 하오만."

베른의 말이었다.

그는 한목소리가 된 상인들의 입을 큰 목소리로 대변해주고 있는 것이다.

뜬금없는 내용에 동칠이 되물었다.

"상단이요?"

상단은 상인 단체가 시장을 지키기 위한 목적으로 조직한 사설 군대를 일컫는다.

동칠도 이를 모르지는 않았다.

여행자 길드의 길드장 파논이 의아해하는 동칠에게 다가와 팔을 끌어안고서 두터운 친분을 과시하며 입을 열었다.

"왜, 그렇잖습니까. 저들이 물러갔다고는 하지만 언제 야욕을 드러낼지도 모르고, 또 다른 세력들이 끼어들 수도 있고 말입니다."

"아, 그렇긴 하네요."

동칠이 순순히 수긍하자 파논은 얼굴에 미소를 곁들이고서 계속해서 말을 이어나갔다.

"저는 초대 상단주를 동칠이 맡아주었으면 하는데……."

상단의 주인으로 추대한다는 얘기다.

"예? 저더러 상단주라니요? 왜 제가 되어야 한다는 건지?"

그러자 침묵하고 있던 다수 중 늙은 상인 한 명이 선뜻 용기를 내 일어서며 말했다.

"여태 누구 한 사람 말을 못했지만, 사실 우리는 동칠 님의 덕을 톡톡히 보고 있다오. 이 중에 와룡반점이 없어도 알타산 인근에서 장사할 분 계시오?"

상인들을 둘러보다 시선이 멈춘 곳의 남자가 미리 입이라도 맞춘 것처럼 대답했다.

"아마 없겠지요."

"게다가 동칠 님은 우리를 통솔할 카리스마가 충분하다 생각합니다."

또 한 상인이 끼어들 기회를 찾았는지 손을 들며 외쳤다.

"이 중엔 동칠 님이 제일 적격이지요!"

모두의 의견이 같을 순 없듯, 다른 추천인을 거론하는 사람도 있기는 했다.

"저는 베른 용병단장님을 추천합니다."

응당 기뻐해야 정상일진대, 베른은 눈을 가늘게 떠 눈가의 주름살을 구겼다.

"나는 맞지 않소."

단호한 거절에 회의는 잠시 멈췄다. 그러다 한쪽에서 젊은 상인이 일어나며 의견을 제시했다.

"그럼 상단의 구성원을 파르켈 용병단을 주력으로 하는 것은 어떻겠습니까?"

호탕하게 웃으며 베른이 소리쳤다.

"하하하! 그거라면 허락할 수 있지."

동칠의 의사와는 별개로 그렇게 상단이 만들어졌다.

그날은 와룡상단이 대륙에 뿌리를 내리는 역사적인 날이었다.

* * *

매달 보호의 명목으로 걷은 관리비가 동칠 앞으로 적잖이 들어왔다.

동칠은 음식 만들기에 바쁜 자신을 대신해 관리비를 걷어 줄 믿을 만한 사람이 필요했는데, 그 일을 데몬이 자처하고 나섰다.

동칠은 식객을 부려먹을 순 없다는 입장이었고, 데몬은 오래 머무르려면 무슨 일이라도 해야 한다는 입장이었다.

티격태격하기는 했지만 결국 동칠이 지고 말았다.

데몬은 매우 기뻐하며 그 일을 시작했는데, 일에는 별로 어려움이 따르지 않았다.

원해서 자발적으로 돈을 내는 사람들이니 이마에 주름 생길 필요가 없는 것이다.

상점은 늘어가고, 억세서리 등을 전문으로 파는 제2의 상점가까지 들어섰다.

제2상점가 역시도 상단의 가입은 필수라 여기고 들어서는 상점들은 전부가 가입했다.

몇 달 동안 동칠은 샨에게 관리비까지 맡겼는데, 그녀는 1쿠퍼도 떼먹지 않고 동칠 소유의 금고에 차곡차곡 쌓아두었다.

물론 금고에 많은 돈이 있지는 않았다.

돈이 쌓이면 동칠은 땅을 알아보러 다녔고, 주변에 투자를 많이 했기 때문이다.

그중 상당액이 제2상점가에 투자되었다.

각지에서 몰려드는 객들로 상점가는 그야말로 호황을 이뤘는데, 상인들은 그 그마움을 동칠에게 돌리고는 했다.

동칠과 동업을 하자는 이도 많았지만, 동칠에게는 사기꾼들도 많이 엉켜들었다.

사기꾼들에게 몇 번 당해본 뒤로 동칠은 사람 보는 눈을 달리했다.

물론 그로 인해 막대한 손실을 입지는 않았지만, 사기를 당한다는 건 굉장히 열 받는 일이었다.

 안면도 별로 없는 사람들과 큰돈을 거래하는 것도 우스운 일이었기에 주로 적은 돈만 거래했다.

 어쨌거나 와룡반점에서 가장 행복한 건 샨이었다. 매일 돈 속에 파묻혀 살기 때문이다.

 월급도 많이 올랐다. 30실버였던 기존 월급이 이제는 2골드로 올랐으니 말이다.

 30실버도 사실 낮은 월급은 아니었다. 동칠이 처음에 월급을 많이 못 준다고 했던 것은 다른 종업원들을 염두에 둔 말이었다.

 월급이 오른 지금, 그녀가 받는 2골드라는 금액은 어느 음식점에서도 받지 못할 거액이었다.

 게다가 식사와 잠자리가 제공되고, 보름에 한 번씩 동칠이 상점가에서 공동 발행한 상품권까지 나눠주니 따로 돈을 쓸 일이 없었다.

 이따금씩 동칠은 종업원들의 몸에 맞을 만한 옷까지 짐꾼을 부려 들고 왔다.

 오늘처럼.

 짐꾼으로부터 여자 옷들을 먼저 건네받은 동칠은 흐뭇하게 웃으며 포장째로 샨에게 내주었다.

 "자~"

 "어머, 뭐예요?"

짐작을 했음에도 샨은 카운터에서 쪼르르 달려 나와 사슴 같은 눈망울로 묻고 있다.

동칠은 별거 아니라는 듯 머쓱하게 웃었다.

"옷이야. 여벌로 입어."

"아잉~ 사장님, 감사."

간드러지는 목소리를 내고 살포시 쥔 주먹으로 동칠의 팔을 두들기며 아양을 떠는 샨.

여우가 따로 없었다.

그녀는 정말이지 카운터에 눌러앉기로 한 그날의 선택이 너무나 잘한 일이라고 믿었다.

한 번의 옳은 판단이 이렇게 행복한 생활을 보장해주고 있질 않은가!

월급을 받아도 그녀는 어지간해서는 돈을 쓸 일이 없다. 필요한 건 대부분 동칠이 사주기 때문이다.

의복 같은 경우에도 예쁘지 않거나 사이즈가 안 맞는 건 바꾸면 된다. 이 아래 들어선 상점들은 품질도 품질이지만 서비스 또한 철저했으므로.

다음으로 동칠이 판테스들의 옷을 꺼내자 그들은 서열대로 줄을 섰다.

동칠은 판테스부터 차례대로 옷을 나눠주었다.

종업원들의 성별로 차별하는 그가 아니었다. 다만 옷의 종류가 달랐을 뿐이다.

자주 있는 일인데도 판테스들은 감동하는 빛이 역력했다.
 "감사합니다, 사장님."
 "내가 고맙지."
 큰 실수를 저지르거나 잘못을 할 땐 엄히 꾸짖다가도 잘해 줄 때는 한없이 너그럽다.
 그런 동칠을 판테스들은 마음속에서 우러나오는 진심으로 존경하고 감사해했다.
 매번 그랬듯 동칠은 가르데일과 데몬의 옷가지까지 사왔다.
 동칠이 도합 7명분의 옷가지를 사이즈별로 살 수 있었던 것은 수첩에 저들의 사이즈를 메모해두었기에 가능한 일이었다.
 가르데일과 데몬은 저놈의 고스톱이 질리지도 않는지 방 안에서 나오지도 않는다.
 동칠은 그래서 더더욱 꼭꼭 숨겨 놓은 트럼프를 꺼낼 수 없었다.
 '되도록 그건 내주지 말아야겠다. 언젠가 걸리면 어쩔 수 없지만……'
 포커 또한 고스톱만큼 중독성이 강하다.
 그것까지 가르쳐 준다면 도박으로 날밤을 샐 건 불 보듯 뻔한 일.
 손에 든 옷가지들을 들고 그는 잡생각을 거기서 그쳤다.

그리고 자신이 직접 가는 것보다 시키는 게 낫겠다고 생각하고 율카스에게 옷가지들을 건네주었다.

"네가 가져다드려라."

"넵."

그 즉시 율카스는 2번 방으로 득달같이 달려가 문을 열고 쪼르르 들어가서는 옷을 건네주었다.

방에서 들려오는 건 두 사람의 진중한 목소리뿐이었다.

"고맙네."

"고맙습니다."

꼭 눈으로 목격하지 않아도 저 안에서 벌어지는 상황을 동칠은 능히 짐작할 수 있었다.

화투장을 쥐고 팽팽한 기 싸움을 하고 있을 두 사람을 생각하자 괜스레 웃음이 나온다.

행복은 지구에서만 느끼는 게 아닌 듯하다.

작금, 동칠은 자신이 정말 행복한 사람이라고 느끼고 있었으니.

그는 이 행복이 오래도록 깨지지 않기를 바랐다.

하지만 와룡반점의 평화는 깨지라고 있는 것이었다.

※　　※　　※

일주일 만의 휴일.

금고에 넣어둔 돈들을 챙겨 은행에 가는 날이다.

샨은 은행 가는 날이 제일 좋다. 사뿐사뿐 발걸음이 가벼워지고 콧노래가 절로 나왔다.

그런 그녀를 높다란 나뭇가지에 앉은 올빼미가 고개를 갸웃거리며 쳐다보다가 날개를 펄럭이며 날아올랐다.

그녀가 어깨로 둘러멘 숙녀용 마법 가방 안에는 30골드가 넘는 금액이 들어 있었다.

그러나 여태 그랬듯 그녀는 돈을 들고 도망칠 생각은 없었다.

한 달 월급만도 2골드. 게다가 세 달에 한 번씩 보너스까지 있다.

매일 돈을 만지는 게 일인지라, 그녀는 다른 생각은 꿈도 꾸지 않았다.

소로를 따라 제2상점가로 향하는 길.

이 언덕 아래의 제2상점가에는 사장님 명의로 설립된 와룡은행이 들어서 있다.

계속 땅을 사고 투자를 한다고 했지만, 결국 동칠은 넘쳐나는 돈을 주체 못하고 은행까지 세웠다.

그리고 직원만도 24명을 채용했는데, 아직도 일손이 부족해 더 뽑고 있는 실정이었다.

물론 그곳도 돈을 만지는 게 주 업무지만, 샨은 와룡반점의 일이 더 좋았다. 여러 가지 특혜가 따르기 때문이다.

또 은행 직원들은 간부급이라 할지라도 그녀만큼 고연봉이 아니었다.

30골드가 넘는 연봉을 받는 직업은 대륙에서도 드물었으므로.

샨이 와룡은행의 금그 안에서 헤엄칠 부푼 기대를 안고 내려가는 도중, 느닷없이 소로 양쪽의 수풀 뒤에서 두 인영이 걸어 나와 그녀의 앞을 떡하니 가로막았다.

둘 모두 평범한 외모의 소유자가 아니었다.

눈초리가 길게 올라간 여인은 붉은 머리카락에 연푸른 동공을 가진 엘프와 블러드 엘프의 혼혈이었는데, 나이가 제법 들어 보였다.

반면 옆의 남자는 2미터가 넘는 키에 250킬로그램은 거뜬히 넘을 듯한 비대한 체구의 소유자로, 그는 자신의 살이 흘러내리는 걸 의식하고 자꾸 축 처지는 배를 습관처럼 들어올렸다.

얼마나 살이 쪘으면 스스로의 다리를 못 볼 정도다.

그리고 샨은 저들을 알고 있었다.

혼혈 엘프 여인은 젝시였고, 뚱뚱한 거인 남자는 자버였다.

우선 젝시가 못마땅한 눈을 들어 그녀를 쏘아보았다.

"샨."

아까부터 샨을 주시했던 올빼미가 날아와 두툼한 가죽을

덧댄 젝시의 어깨에 내려앉았다. 줄곧 샨은 추적을 당하고 있었던 것이다.

샨은 두 사람을 경계하는 눈치였다.

"오랜만이에요."

인사도 받아줄 생각이 없는지 젝시는 쉰 듯 칼칼한 목소리로 따졌다.

"의뢰는 뒷전으로 미뤄두고 종업원으로 취직하다니. 생각이 있는 거야?"

"……."

"말을 해봐. 우리가 우습게 보였던 거야?"

"……."

실로 무책임한 행동이었다.

의뢰를 완수 못하겠다고 한마디만 하고 왔어도 될 것을 샨은 그러지 않았다.

그곳까지 돌아가려면 13실버라는 이동 비용이 소요되는 탓이다. 그녀는 그게 아까웠다.

또한 그 먼 거리를 설마 찾아오겠냐 싶었다.

어쨌건 얼굴에 철판 깔고 한 행동에 이런 위험이 닥쳐온 것이다.

샨도 약한 여자는 아니었다. 하지만 저 둘에 비할 것은 못 된다.

젝시는 돈이 되면 무슨 일이든 한다는 '젝시 탐정 길드'의

유능한 길드장이었그, 자버는 그곳의 몇 안 되는 해결사였으니.

막다른 현실에서 도피하고자 샨은 슬그머니 발을 떼었다.

기민한 행동이라 다행히 젝시와 자버 둘 모두 눈치를 못 챈 듯하다.

더 망설이지 않고 샨은 냅다 등을 돌려 달리기 시작했다.

얼마나 달렸을까?

자버가 가볍게 던진 커다란 그물이 허공에서 펼쳐지며 샨의 머리 위로 떨어져 내렸다.

※ ※ ※

오랜 만에 동칠은 숙소에 혼자 남아 메모지에 단어들을 적었다.

〈소고기, 돼지고기(꾸뤼릭), 닭고기, 새우, 상어 지느러미〉

그렇게 적힌 낙서들이었지만 이 중에 있는 거라고는 돼지고기, 즉 꾸뤼릭 고기밖에 없었다.

"메뉴를 더 늘려야 하는데……"

그에게는 검출 수 없는 게 장사였다.

솔직히 돈은 이제 주체할 수 없을 만큼 많았다.

하지만 장사를 그만두면 이때껏 호의적인 입장을 보이고 따랐던 상인들이 불같이 들고일어날 것이다.
 생각만 해도 끔찍한 일이었다.
 또한 손님이 줄어서도 곤란하다.
 유동 인구가 적어지면 상인들은 그 화살을 동칠 자신에게 돌릴 것이기 때문이다.
 그만두어서도 안 되고 도태되어서도 안 된다.
 야반도주를 강행하지 않으려면 동칠은 눈을 감는 날까지 자장면을 만드는 수밖에 없었다.
 정상에 있을지라도 노력해야만 한다.
 유명한 음식점들도 노력을 않으면 곧잘 문을 닫질 않았던가!
 오늘 동칠이 방구석에 틀어박혀 이런 시간을 갖는 까닭은 그러한 이유에서였다.
 "왜 이렇게 소고기가 눈에 밟히지. 쩝."
 안국동에 있을 당시, 동칠은 소고기 탕수육을 먹어본 적이 있었다.
 주방장이 그의 생일날 특별히 해준 것이었는데, 그것은 돼지고기로 만든 탕수육과는 천지 차이였다.
 입에 넣으면 혓바닥에서 스르륵 녹아버리는 게 그야말로 일품이었던 것이다.
 지금의 탕수육도 사람들은 맛있다고 하지만, 동칠은 더 맛

깔난 소고기 탕수육을 선보이고 싶었다.

더 나은 것을 선보이고자 하는 욕심인 동시에 손님들에 대한 보답 차원에서 떠오르는 생각이었다.

물론 소고기가 들어온다면 자신의 입도 즐거워질 테고 말이다.

배를 깔고 누운 채 동칠은 뒤로 들어올린 두 다리를 떨며 고민했다.

"흠… 소고기는 어디로 가야 찾을 수 있담?"

첫 번째로 나열한 재료부터 막힌다.

사실 소고기는 그다지 중요한 건 아니었다. 그것은 기존의 메뉴를 업그레이드시키는 데 쓰일 것이었으므로

그에 반해 닭고기, 새우, 상어 지느러미는 메뉴를 늘리는 데 필요한 것이다.

그러나 수소문을 해봐도 이 다섯 가지 재료에 대해 들어오는 정보라고는 아직 없었다.

"그렇게 많은 사람들을 만나봤어도 모른다는 건 이 세상엔 이런 게 아예 없다는 건가? 아니, 사람들한테 다 부탁한 건 아니었잖아. 그림을 그려서 현관 앞에 붙여 볼까? 포상금도 걸고?"

금세 어리석은 생각이라고 느껴졌는지 동칠은 고개를 축 떨어뜨렸다.

그랬다간 와룡반점의 특수 효과도 사라지고 말 것이다.

납치된 샨 • 147

고민할 건 비단 이뿐이 아니었다.

줄어가는 고춧가루, 후춧가루 등 많은 것이 필요했으나 그런 것들까지 떠올리면 머리가 터져 나갈 것 같아 오늘은 이 정도로만 생략한 것이다.

"하나씩 찾자."

그러나 생각만 기울인다고 해서 찾아지는 게 아니었다.

직접 돌아다니고 수소문해봐야 하지만, 그 때문에 식당 문을 닫을 수도 없는 노릇.

결국 동칠은 자신이 써놓은 단어 주변으로 낙서만 끼적였다.

그러다 잠이 들고, 또 그러다 잠에서 깼다.

어느새 고즈넉한 저녁.

아무것도 얻어낸 것 없이, 저녁밥이나 차릴 겸 방을 나왔다.

매일 하루 엄청난 양의 식사를 만들어내는 동칠인지라 8인분의 식사는 금세 만들어낼 수 있었다.

오늘 저녁은 짬뽕.

매끼의 메뉴는 동칠이 정해준 대로다.

밥을 해주고 싶었지만, 아직도 쌀을 구하지 못한지라 주메뉴는 짬뽕과 자장으로 대체할 수밖에 없었다.

그럼에도 누구 하나 불평하는 이는 없었다. 밥투정은 없다는 얘기다.

동칠은 요리를 마치고 깨끗한 냄비와 국자를 들고 주방을 나서 국자로 냄비를 신명 나게 두드렸다.

깡깡!

"고스톱 그만 치고 밥 차리고 밥들 먹어라. 그만 하고 밥 먹어요!"

기사들이 방 안에서 먼저 나와 서둘러 테이블에 음식을 옮겼다.

머잖아 데몬과 가르테일도 나왔다.

아직 판이 끝나지 않았음에도 불구하고 제 시간에 나온 것은 식사 시간에 늦는 걸 동칠이 싫어하기 때문이다.

다 앉았다고 생각했는데 한 사람이 빈다. 원래는 4인용 테이블 2개에 사람이 꼭 차야 정상인 것이다.

'어라? 여덟 명이어야 하는데……'

누가 없는지를 제일 먼저 깨달은 건 율카스였다.

"어? 샨이 없는데요."

"뭐야? 아직 안 왔어?"

모두 되묻고 있는 동칠의 눈치만을 살피고 있다.

돈을 걱정하는 동칠이 아니었다.

이제 와 그깟 30골드쯤은 그에게는 성에도 차지 않는 금액이었으므로.

주린 배를 달래는 것보다 그녀를 찾는 일이 우선이라는 생각이 들었던지 판테스가 벌떡 일어섰다.

납치된 샨 • 149

"제가 나가 찾아보겠습니다."

이어서 보덴과 하만이 일어났다.

"저희도 찾아보겠습니다."

동칠은 그들을 만류할 생각이 없었다.

밥이야 좀 늦게 먹어도 되고, 한 끼 정도 걸러도 된다. 식구가 없어졌는데 밥이 우선일 순 없는 것이다.

무응답을 허락으로 알아차린 판테스와 하만, 보덴은 그 즉시 방으로 뛰어 들어가 자신들의 검갑을 휴대하고 와룡반점 밖으로 몸을 날렸다.

동칠도 앞치마를 벗어두고 나갈 채비를 서두르자, 짬뽕에 미련을 못 버리던 율카스도 그릇에서 눈을 거두고 허겁지겁 방으로 들어갔다.

그사이 가르데일과 데몬도 슬그머니 일어서서 당황한 목소리를 냈다.

"우, 우리도 찾아보지."

동칠은 그 성의도 거절하지 않았다.

"감사합니다."

다른 사람도 아니고 가게 식구가 사라졌으니 고양이 손이라도 빌리고 싶은 심정인 것이다.

가르데일과 데몬이 문밖을 빠져나갔을 때, 율카스가 방에서 나왔다.

"저도 가겠습니다."

"가게는 누가 지키고? 넌 가게 지켜."

동칠은 그 말만 남기고 샨을 찾기 위해 마지막으로 와룡반점을 나섰다.

"샨!"

"샤~ 안!"

사위가 어두워 사물의 식별도 어려운 밤에 그녀를 찾는 돈 소리들이 알타 산에 메아리쳤다.

그러나 어디에서도 그녀의 음성은 들려오지 않았다.

"떠난 게 아닐까요?"

"말도 안 되는 소리."

보덴의 가정을 하만은 딱 부러지게 부정했다.

일을 하면서 한 번도 불만을 털어놓은 적이 없던 그녀였기에 스스로 떠났다는 건 하만에게 납득할 수 없는 얘기였다.

가게에 들어온 지 불과 몇 달이지만, 샨은 종업원들과 오빠 동생하면서 허물없이 지냈다.

그뿐인가?

가르데일과 데몬과는 종종 고스톱까지 함께 쳤으니, 서글서글한 이웃집 아저씨들이라 생각하며 그들을 부를 땐 정말로 정감을 담아 아저씨라 불렀다.

게다가 '난 만족해.' 라거나 '난 행복해.' 라는 말을 입에 달고 살지 않았던가!

납치된 샨 • 151

하만은 그것이 연극이었을 것이라 추호도 의심하지 않았다.

판테스도 하만과 생각이 꼭 같았다.

"아무래도 무슨 일이 있는 모양이다."

"제 생각도 그렇습니다."

그녀를 걱정하는 마음도 적잖았지만, 그들은 그것보다 사장님이 많이 심려하실 것을 우려했다.

어떤 험한 난관이 있더라도 기어코 그녀를 찾겠다는 각오로 그들은 그녀의 흔적 찾기에 고심했다.

한편, 각자 대단한 자부심들 때문인지 데몬과 가르데일은 행동을 따로 했다.

샨을 찾겠다고 와룡반점을 나온 무리 중 가장 빨리 그녀의 흔적을 발견한 사람은 가르데일이었다.

그는 처음부터 와룡반점 인근에 남아 있던 샨의 발자국을 발견하고 이리저리 신형을 날리며 그녀의 행방을 추격했던 것이다.

그 무렵 데몬은 어둠의 수정구를 통해 은행에 배치한 마법사와 대화하는 중이었다.

[예? 오지 않았다고요?]

[그렇습니다.]

그 즉시 데몬은 통신을 단절하고, 어둠의 수정구를 갈무리

하여 품에 넣은 뒤 굽혔던 허리를 펴고 일어섰다.

"이거 간단한 문제가 아니겠는데……."

말은 그렇게 하면서도 데몬은 이미 그녀를 찾기 위한 준비를 하고 있었다.

다시 와룡반점으로 들어가 빨래 통에 궁색 맞지 던져진 그녀의 상의와 하의 한 벌을 들고 나와 마당에서 새까맣게 태웠다.

율카스는 차마 묻지는 못하고 멀뚱멀뚱 그가 하는 행위를 바라만 보았다.

옷가지가 타서 재로 변하자, 데몬은 그것을 이용해 땅에 마법진을 새기기 시작했다.

그리고 곧 원형 테두리가 없는 오망성이 바닥에 자리를 잡았다.

보통의 마법진을 보는 것과는 다르게 어쩐지 음산한 기분이 드는 율카스였다.

이윽고 데몬은 그 품에서 허여멀건 한 점액질 덩어리가 든 병을 꺼냈다.

마개를 열자 퀴퀴한 냄새가 율카스의 코에까지 스며들었다.

율카스가 코를 막고 인상을 잔뜩 찌푸린 채 물었다.

"윽, 그건 무엇입니까?"

"죽기 직전의 사람에게서 취한 뇌수일세."

끔찍한 상상이 머릿속에 그려졌던지 율카스는 오만상을 찌푸렸다.

'그런 얘기를 저리 태연하게 하다니……'

그 같은 반응을 보일 줄 예상이라도 했다는 듯 데몬은 씁쓸하게 웃고서 뇌수의 일부분을 떼어내 마법진 가장자리에 놓았다.

다음으로 꺼낸 병에는 꼭 새끼손가락만 한 허리가 긴 괴생명체가 들어 있었다. 몸에 털이라곤 없었고 두 발로 섰는데 팔이 4개다.

데몬이 그걸 내보이며 물었다.

"자네, 이건 뭔지 아는가?"

율카스는 도통 처음 보는 벌레였다.

"무엇입니까?"

"마물이야. 마계에서만 서식하는 생물이지. 마나와 닿는 즉시 산화해버리는 녀석이다."

마계의 생물이라는 말에 율카스의 얼굴에 경련이 일어났다.

거짓말이 아니었는지 병에 가둔 놈을 오망성 중앙에 풀어놓고 잘게 부순 마나석을 그 위에 올리자마자, 벌레는 괴음을 내지르며 타오르기 시작했다.

키에에에엑.

곧 뇌수와 벌레의 잔해가 검은 연기를 내며 산화하자 오망성도 차츰 지워지기 시작했다.

그리고 산을 꼭 닮은 검은 연기가 어둠 속으로 아스라이 사라져 가고 있었다.

데몬은 늦을세라 그녀를 닮은 연기를 뒤따라갔다.

화르르륵.

아궁이의 마른 장작이 열심히도 타오르고 있다.

그 위로 그을음으로 새까맣게 변색된 철판이 놓여졌다.

정체를 알 수 없는 기름이 철판 위에 끼부어졌고, 마찬가지로 정체를 알 수 없는 검은 양념들이 마저 쏟아졌다.

그러나 막상 요리에 임하는 자는 의욕이 없었다.

나무를 깎아 만든 주걱으로 흐느적흐느적 양념을 젓다가 성의 없이 옆에 놓인 3개의 그릇에 나눠 부었다.

부어놓고 보니 또 잘못이었다.

'면이 우선인데……'

뒤늦게 뻑뻑하고 거친 면발을 데쳐 찬물에 헹구지도 않고 양념이 부어진 그릇 위로 올렸다.

뜨거운 면발이 훅훅 열기를 뿜어냈다.

그는 대충 만들어진 음식을 선반 위에 놓고 손바닥으로 선반 바닥을 두어 번 두드렸다.

"음식."

곧 거한 아콴이 그가 준비한 음식에 다가왔다.

아콴은 삼식의 친위대 중 한 명이었다. 그 많던 친위대가 그의 곁을 떠나고, 이제는 아콴 한 명만 남은 것이다.

그는 유심히 삼식이표 자장면을 보다가 금세 이상한 점을 알아차렸다.

"어? 삼식아, 면이랑 양념이랑 뒤집혔네?"

"몰라. 그냥 나가."

그 말을 거역 못하겠는지 아콴은 하는 수 없다는 듯 쟁반에 음식을 올리고 몸을 돌렸다.

그랬다. 방금 음식을 만든 그는 삼식이었다.

밟히고 또 밟혀도 잡초처럼 피어나는 삼식인 것이다.

그런데 이즈음 삼식은 의욕이 없었다. 티모르 마을에서 쫓겨난 게 가장 큰 원인이었다.

동칠은 손 한번 본 것으로 삼식을 떠났지만, 그가 남긴 여파는 상당했다.

어느 순간 와룡상단이 들어서며 삼식의 행패를 견디다 못한 상인들은 그곳에 가입했고, 그로 인해 삼식을 따르는 알카에르 산적들은 기도 못 펴고 살았다.

어디 그뿐이었는가?

그동안 당한 사람들이 기어이 황룡반점의 간판을 뜯어 내리고 역으로 행패를 부리는 바람에 삼식은 티모르 마을에서 내쫓기듯 드망쳐야만 했다.

시모에르와도 잠시 헤어지게 되었다. 삼식의 목을 치려는 두목 알카에르의 마음을 달래주기 위해선 외동딸인 그녀가 볼모로 붙잡혀 있어야 했기 때문이다.

지금 삼식이 있는 이 식당은 티모르 마을과는 좀 떨어진 샨체 마을에 위치해 있었다.

시모에르가 그 아버지 알카에르에게 갖은 아양을 떨어 여기에라도 가게를 얻어준 것에 대해 고마워하라고 윽박을 질렀지만, 삼식은 차마 그럴 수 없었다.

이 마을은 인구도 적은 데다 드나드는 사람도 적다.

또 형편이 어려운 것들만 모여 사는지 자장면 값 80쿠프를 감당하지 못하는 자들이 많았다.

와룡반점단큼 자장면이 맛이 없다는 걸 알고 자장면 값을 내려 본 적도 있었다. 그렇다 한들 손님이 불어나는 건 아니었다.

해서, 삼식은 다시 자장면 값을 올렸다.

어차피 적은 손님이라면 값을 올리는 게 낫다는 판단이 들어서였다.

그래도 벌리는 돈이 적어 자신의 생활비는커녕 달마다 알카에르 산적단에 납세해야 될 돈도 빠듯했다.

그렇다고 여기서 또 문제를 일으키기도 쉽지 않았다.

수시로 두목이 시모에르 몰래 사람을 보내 삼식의 일거수일투족을 감시하기 때문이다.

'저러다 시모에르가 변심이라도 하면……?'

가장 두려운 일이었다.

시모에르에게 말은 하지 않았지만, 오토바이의 기름도 동이 나버렸다.

일을 핑계로 당분간 못 태워줄 것이라고는 했지만 언젠간 발각될 일.

삼식은 호주머니 안에 손을 넣어 오토바이 키를 만지작거렸다.

'확 버려 버릴까? 잃어버렸다고 말하면 되지 않을까?'

첫 단추를 잘못 끼워 아직 이 고생을 하고 있는 건데도 삼식은 그걸 인지하지 못하고 있었다.

하긴 인지하고 있었다 한들 그는 돌이킬 수 없다고 생각했을 것이다.

'쓸어버려'는 그렇다 쳐도 '밟아버려'는 심했기 때문이다.

세상의 어떤 형이 자신을 밟아버리라고 했던 동생을 용서해줄까.

삼식 자신이 동칠의 경우였다고 해도 용서 못할 일이었다.

그래도 삼식은 참 오랜만에 찾아온 손님이라 조금은 마음의 위안을 얻었다.

선반 위에 잘라 붙인 차양을 걷어내고, 그는 세 손님을 구경했다.

2명은 여자였고 한 명은 남자였는데, 남자를 보는 순간 삼식은 이맛살을 찌푸렸다.

비대해도 너무 비대하다.

다행히 식당 의자의 다리가 부러지는 사태는 없었다. 오늘은 웬일로 아퐌이 머리를 굴려 통나무 의자를 내주었던 덕분이다.

그 외에도 저 손님들은 이상한 점이 있었다.

귀가 뾰족한 한 여자의 팔이 뒤로 묶여 있었고, 다리도 마찬가지였다.

입에는 천을 물고 있어 말을 할 여건이 못 되어 보였다.

꽤 큰 자루가 그녀의 바로 옆에 있는 것으로 보아 삼식은 저 자루가 그녀를 담아온 용도로 쓰인 게 아닐까 추측했다.

저렇게 가녀리고 아름다운 여자.

그런 여인을 저리 대한다는 데 분개해 삼식의 내면에서 사라졌던 정의감이 타올랐다.

그러나 그것은 잠시뿐이었다.

키가 2미터는 넘어 보이는 비대한 덩치의 사내가 삼식을 쳐다보는 즉시 정의감은 온데간데없이 사라지고 비굴한 웃음만이 떠올랐다.

"하하, 식사 맛있게들 하십시오."

불의를 눈감아주는 건 삼식보다 아콴에게 더 익숙한 일이었다.

그는 이 손님들이 한 여인을 자루에 담아 식당 안에 들어오는 데도 아무런 제지도 하지 않았다.

적대감이 사라져서인지 남자는 테이블 위에 놓인 삼식이표 자장면을 쳐다보았고, 진즉에 기가 죽은 아콴이 나무젓가락의 사용법을 가르쳐 주었다.

"이렇게 쥐시면 됩니다. 이렇게 비비고, 이렇게 드시면 되는 거지요."

아콴은 딱 시범까지만 했다. 삼식이표 자장면을 먹기는 죽기보다 싫었기 때문이다.

지금 황룡반점을 찾은 세 사람은 젝시와 자버, 그리고 와룡반점에 눌러앉았던 샨이었다.

아콴이 물러나자 젝시가 자버를 따라 젓가락을 들다가 샨의 입을 가로막은 천을 거칠게 벗겨내고는 말했다.

"먹어."

샨은 짜증 섞인 말투로 소리쳤다.

"안 먹어, 이딴 거."

비단 냄새가 싫어서가 아니었다.

젝시는 샨이 말도 없이 돌아오지 않았던 벌로 평소 그녀를 흠모하던, 잘 씻지도 않아 더럽고 추한 뚱뚱이 주방장에게 이대로 넘겨준다고 했다.

그래도 자버는 여자에 관심도 없는 데 반해 그 주방장은 유명한 색다다.

샨한테 있어서는 지옥으로 가는 길 같았으니 음식이 목구멍을 넘어갈 수가 없는 것이다.

그런 샨의 표정을 보다 젝시는 차갑게 웃었다.

"네깟 년이 아무리 발악해도 같이 살게 될 거야."

심정 같아서는 죽고 싶은 샨이었다.

자신은 나쁜 짓을 저지르지 않았다. 오히려 그 반대로 살고자 노력했다.

남의 돈을 훔친 것도 아니었고, 성실히 일한 대가로 돈을 받았을 뿐이다.

사장님이 좋고 종업원들과 웃고 떠들며 살 수 있는 생활이 좋아 머물렀던 것뿐인데, 그 결과가 이렇게 되어버렸다.

눈가에 그렁그렁한 슬픔의 눈물이 차올랐다.

너무 싫은 현실에 혀를 빼어 물려는 도중, 자버에 의해 다시 입에 천이 물렸다.

젝시도 예상했다는 듯 중얼거렸다.

"더 당해봐야 정신을 차리겠지."

먹지 않는 샨을 나무라며 젝시는 자장면을 집어 입으로 가져갔다.

삼식의 두려움 • 165

그러나 입 안에 넣어 우물거리는 순간, 막상 그녀는 헛구역질을 하고 말았다.

"우욱."

입에 들어갔던 자장면이 그대로 뱉어진다.

그걸 본 아콴이 주먹을 쥐려다 참았다. 이 손님들은 위험 수위가 높기 때문에 다른 손님들 대하듯 하면 큰일 날 거라는 생각이 들어서였다.

어지간한 음식은 물론 쇳조각까지 씹어 먹어치우는 자버다.

그런 자버의 입에서도 마찬가지로 자장면이 뱉어졌다.

"퉤엣!"

그 광경을 본 삼식은 선반 아래로 납작 몸을 웅크려 숨었고, 아콴은 조마조마해졌다.

"하하… 손님, 음식이 마음에 들지 않으신지……."

자버가 손바닥으로 탁자를 내리쳤다.

와직!

눌린 부분이 바스러짐은 물론이고, 그렇지 않은 부분은 허공으로 부유한다.

순간, 젝시가 일어서며 허리에서 채찍을 꺼내들어 허공에 뜬 탁자의 잔해를 후려쳤다.

쫘자작!

탁자의 잔해들이 산산이 조각나 떨어진다.

타닥, 타타닥.

채찍에 달린 서슬 퍼런 칼날들이 원인이었다.

공중분해가 되어 떨어진 나뭇조각들을 본 후 아콴은 간이 콩알만 해졌다.

역시나 젝시의 입에선 곱지 않은 목소리가 흘러나왔다.

"이런 걸 음식이라고!"

산적의 배짱은 이럴 때 내세우는 게 아니다.

도망쳐 봐야 헛일이라고 생각했는지 아콴은 그 자리에서 엎드려 사과했다.

"어이쿠, 주방장이 실수를 한 모양입니다. 돈은 받지 않을 테니 한 번만 용서를!"

아콴의 선택이 옳았다.

샨이 약해서 이들에게 잡힌 게 아니었다.

그녀 또한 어지간한 기사들은 맨손으로 제압할 실력을 가지고 있지 않았던가.

사람 죽이는 걸 대수롭지 않게 여기는 젝시나 자버를 상대한다는 건 정말이지 미련한 자들이나 하는 실수였다.

"다시 만들어 와."

젝시가 카랑카랑한 목소리로 그렇게 시켰을 때, 아콴은 머리가 멍해졌다.

다시 만든다고 이 음식 맛이 어디 가겠는가 말이다.

머릿속에 삼식과 자신의 조각난 모습이 그려지니 제법 간덩이 크다던 그조차 두려움이 밀려들지 않을 수 없었다.
하물며 주방에서 이 소리를 다 듣고 있던 삼식이야 오죽하랴.
차라리 그 상황을 안 봤으면 다행이었다. 하나, 빠끔히 고개를 내밀어 다 보질 않았던가!
웅크린 몸이 서리 맞은 양 오들오들 떨렸다.
그는 주방에 뒷문을 만들어놓지 않은 걸 그제야 후회했다.
포크로라도 파서 뒷문을 만들고 싶었지만, 이제 파서 언제 될까?
혼자만 죽을 수 없다고 생각했는지 아퀀은 곧 죽을 사람처럼 주방으로 들어와 선반 아래 웅크린 삼식에게 말을 걸었다.
"삼식아, 다시 만들래."
살고자 삼식은 최대한 목소리를 낮춰 조급히 말했다.
"나 나갔다 그래야지."
"저 사람들, 너 여기 있는 거 다 알아. 주방장 안에 있다고 내가 말했거든."
간이 철렁한 소리가 아닐 수 없었다.
아퀀이 미치도록 밉고 때려죽이고 싶을 정도로 싫지만 어쩌랴.
이미 엎질러진 물인 것을……
바지에 오줌을 저릴 듯 무서웠지만 삼식은 꾹 참고 일어섰다.

"후~"

재료가 있긴 했다.

애석한 게 있다면 아까 만들었던 자장면에 들어가는 재료 그대로라는 점이다.

안국동, 아니 한국, 아니 지구도 아닌 이상한 곳에서 비참하게 생을 마감할 것을 직감했는지 삼식의 머릿속으로 지난날의 기억이 주마등처럼 스쳐 갔다.

'그래, 사장을 참 잘 만났지. 그 자식이 죽는소리를 하며 얼마 되지도 않는 내 월급을 깎아먹고 허세나 떨던 꼴. 참 보기 좋았지. 차라리 그때 나갔어야 하는데…….'

돌연 삼식은 웃었다.

"크크크."

미친놈처럼 웃기 시작한 그를 아콴은 의아하게 바라보았다.

곧 삼식이 푸념을 늘어놓았다.

"맞아, 그때 나갔어야 했는데. 인생에 기회가 세 번 찾아온다고 했는데, 그때 못 나가서 남은 기회도 못 찾게 생겼어."

팔자타령이었지만, 삼식의 과거를 알지 못하는 아콴은 통 알아듣기 힘든 얘기였다.

그래서 그는 잠시 삼식이 미쳤다고 생각했다.

하지만 곧잘 보였던 탄응이라 아콴은 내색하지 않았고, 삼식도 곧 원위치로 돌아갔다.

최선을 다하겠다는 마음을 품고 재료를 놓아둔 곳으로 걸음을 옮겨 가는 것이다.

삼식에게는 혹, 정성을 들이면 음식 맛이 조금은 달라지지 않을까 하는 기대가 있긴 했다.

요리는 손맛과 정성에서 그 맛이 비롯된다 했던가?

재료를 다 꺼내놓고 삼식은 한 번 더 심호흡을 크게 했다.

"후~"

씻지 않았던 철판도 부지런히 닦고 이미 손질한 재료들을 또 다듬고 손질한 후, 두목에게 음식을 만들어준다는 마음가짐으로 삼식은 요리에 임했다.

적어도 자장면과 양념을 거꾸로 올리는 아까와 같은 실수는 하지 않으리라.

적어도 아까보다는 깔끔했다는 소리를 들으리라.

적어도 아까보다는 맛이 조금이라도 나아졌다는 칭찬을 들으리라.

그러나 현실은 잔혹하기만 했다.

그렇게 정성을 다했건만, 하늘이 눈을 돌렸는지 나무껍질을 빻아 만든 나름 건강식품인 면발에서 쉰 냄새가 풀풀 풍겼기 때문이다.

"씨발, 좆 됐네."

기어코 삼식의 눈에 눈물이 차버렸다.

보관에 조금만 신경을 썼어도 이렇게 빨리 쉬지는 않았을 것이다.

 아니, 귀찮음에 미리 면을 삶아놓지만 않았어드 이런 사태는 미연에 방지할 수 있었을 터.

 차라리 방금 전 나간 면발이 나았다. 적어도 그건 쉬지 않았었으니까.

 삼식은 촉촉한 눈을 하고 웃었다. 어쩐지 이 상황에서는 그래야만 할 것 같았다.

"하하하하, 하하하."

 그런 삼식의 속도 모르고 아콴은 쪼르르 다가와서 기대 어린 목소리로 물었다.

"왜? 삼식아, 이번 건 좀 맛있을 거 같아? 응?"

 삼식은 차마 그 질문에 대답해줄 수 없었다.

 2개의 그릇에 면을 올리고 그 위에 자장을 부은 후 짧게 명했을 뿐.

"가지고 나가."

 평소와는 다른 삼식의 모습에 아콴은 철석같이 믿었다.

 '그래, 이번만은 제대로 믿어주자. 내 목숨뿐 다니라 삼식이 네 목숨도 걸려 있으니.'

 이미 코가 이 자장면 향에 익숙해져 버려 아콴은 크게 이상한 점을 느끼지 못하고 쟁반에 그릇 2개를 담아 홀로 나섰다.

 그때였다.

쿵! 쿵!

꼭 주방에서 벽이 울리는 것 같은 소리가 들렸지만 아콴은 고개만 갸웃거릴 뿐 뒤돌아보지 않았다.

그 소리가 삼식이 이곳을 탈출하기 위해 어깨로 벽을 있는 힘껏 들이박아 생긴 소음이라는 것도 모르고.

아콴은 삼식을 믿기로 했지만, 막상 새로 준비한 음식을 저들의 탁자에 올려놓자니 덜컥 겁이 났다.

그는 일말의 두려움을 지우지 못한 채 삼식이표 자장면이 담긴 그릇을 젝시와 자버의 앞쪽에 놓고 최대한 정중한 목소리로 인사했다.

"맛있게 드십시오."

젝시는 여전히 살기 짙은 눈초리로 그를 노려보았다.

그에 아콴의 손발이 오그라들며 두려움이 꾸준히 증폭되었다.

기어이 젝시가 면발을 한 젓가락 집어 자버의 입에 넣자 아콴은 침을 꿀꺽 삼켰다.

'삼식아, 너만 믿는다. 이번엔 꼭……'

그러나 아콴의 바람과는 다르게 불쾌함이 극에 달한 자버가 면발을 뱉어내며 얼굴을 종잇장처럼 구긴 채 일어섰다.

주방 안에서 들리는 소음은 더욱 커지고 있었다.

자버의 솥뚜껑만 한 손이 아콴의 얼굴을 덮쳐 갔고, 젝시는 요리사를 손보려는지 채찍을 들고 주방을 향해 걸어가고 있었다.
 바로 그때, 동칠이 들어왔다.

※ ※ ※

 샨의 눈에선 눈물이 막 흘렀다.
 다정하고 듬직한 사장님이 다가와 입에서 천을 빼어주고, 자신의 양어깨에 손을 올린 채로 따스한 눈을 들어 안심시켜 주고 있었기 때문이다.
 "이제 괜찮아."
 결국 동칠이 제일 먼저 샨을 찾게 되었다.
 그는 다른 이들과는 다르게 샨을 찾는 방법으로 수소문을 택했다.
 보이는 사람마다 묻고 물어 여기까지 다다른 것이다.
 "많이 힘들었지?"
 이어지는 동칠의 물음에 샨은 입을 열지 않았다. 입에서 단내가 날 것 같아서였다.
 대신에 걱정을 시키지 않으려 꾹 다문 입술로나마 고개를 내저었다.
 동칠은 현재 화가 많이 나 있었다.
 감히 자신의 종업원을, 그것도 약하고 가녀린 샨을 이런 식으로 묶어두고 납치를 행한 사실에 분노가 치미는 것이다.

그래도 그는 화를 꾹 참아 눌렀다. 지금도 샨이 많이 불편할 것이라 생각했기에…….

저들을 혼내주는 건 그녀를 풀어주고 난 이후에 행할 일이었다.

그녀의 손을 묶은 끈의 매듭을 찾아 풀어주려는데, 그의 행동을 고깝게 받아들이는 목소리가 터졌다.

"당장 멈춰!"

목소리의 주인인 젝시도 꽤 분개해 있었다.

어디서 굴러들어왔는지 모를 놈이 수고를 무릅쓰고 잡아온 샨을 허락도 없이 풀어주려 하고 있었기 때문이다.

동칠은 모진 눈으로 그녀를 쳐다보더니 이내 시선을 거두고 샨의 손을 묶은 끈을 풀어버렸다.

자신의 경고를 무시한 채 행동을 계속하는 동칠을 죽일 심산으로 젝시는 채찍을 휘둘렀다.

뱀이 아가리를 벌려 먹이를 향하듯 돌돌 말려진 채찍이 펴지며 동칠을 향해 무섭게 날아든다.

촤악.

파공음이 귀에 다다르기도 전에 동칠은 느릿하게 손을 뻗고 있었다.

파앗.

참으로 이상한 일에 젝시는 실색을 했다.

저자의 손이 멈추자 자신의 채찍만 시간이 정지한 것처럼 허공에 머물고 있질 않은가.

 덕분에 채찍에 달린 잘 벼려진 칼날들이 그 예기를 뽐내듯 번들거렸다.

 말 한마디 없이 경멸하듯 쳐다보는 눈초리. 그어 두려움이라고는 모르고 살았던 젝시는 자신도 모르게 오싹해졌다.

 '왜, 왜지? 내가 떨 리가 없는데……. 그리고 이 이상한 힘은 뭐야?'

 꼭 저자의 힘을 알아내기 위해 얽매일 필요는 없었다.

 알면 알수록 고달파질 것이라 판단하고, 그녀는 꼼짝 않는 채찍에서 미련을 거둔 채 다음의 살수를 펼치기로 했다.

 젝시가 머리핀을 뽑자 위로 말아 올렸던 붉은살 머리카락이 길게 흘러내렸다.

 여자의 긴 생머리는 수많은 남성들의 로망인지라 동칠도 그만 한눈이 팔려 버렸다.

 젝시는 속으로 그런 동칠을 비웃었다.

 '훗, 멍청한 녀석. 무기는 머리카락이 아니다. 이 머리핀이지…….'

 그녀의 머리핀에는 총 3개의 암기가 숨겨져 있었다.

 그 암기는 굉장히 가늘어서 일단 발사가 되면 육안으로 파악하기 불가능할 정도였다.

 젝시는 오랜 수련을 통해 머리핀 속에 숨겨진 암기를 특정한 신체 부위에 명중시킬 수 있었던지라 자신의 승리를 확신했다.

그녀의 시선이 동칠의 목에 머물러 있었다.

'손목을 터는 순간, 네 목엔 세 개의 구멍이 날 것이다.'

대단한 무기를 손에 들어서인지 젝시는 곧 피분수를 뿌리며 쓰러질 동칠을 상상했다.

여흥이라도 남기고 싶었을까? 아니, 오만에 취하고 싶었던 것일지도 모른다.

젝시는 미련하게 꼭 악당들이 하는 실수를 하고 말았다.

"죽기 전에 남기고 싶은 말은?"

동칠은 눈을 감고서 과묵하게 고개를 저었다.

그가 힘을 거둬들여서인지 채찍이 바닥으로 떨어졌지만, 젝시는 다시 그것을 휘두를 생각이 없었다.

이미 꺼낸 암기를 사용할 작정이었다.

상대방은 눈까지 감고 있는 상태. 어쩌면 이보다 더한 기회도 없겠다 싶어 젝시는 빠르게 머리핀을 털고자 했다.

순간, 동칠이 번쩍 눈을 뜨며 그녀를 향해 왼손을 뻗자 급작스레 젝시는 목이 졸리는 느낌을 받으며 허공으로 부유했다.

조금이라도 숨통을 트기 위해서는 손을 목으로 가져와야 했다.

머리핀은 써보지도 못하고 바닥으로 떨어졌고, 그 바람에 그 안에 숨겨져 있던 암기가 비죽이 고개를 내밀었다.

약간의 여유가 생겨서일까? 젝시가 의문을 떨치지 못하고 물었다.

"어, 어떻게……."

눈을 감고도 어떻게 간파했냐는 물음이다.

동칠은 대답하지 않았다.

굳이 실눈을 뜨고 있었다는 사실까지 밝힐 필요는 없었기 때문이다.

그리고 그는 싸늘한 눈으로 암기를 쳐다봤다.

'저게 내 몸에 박혔으면…….'

큰일이 났을 것이다.

지금 들어올린 저 여자는 정말 위험한 존재다.

동칠은 이상한 낌새에 손을 먼저 뻗길 잘했다는 생각이 들었다.

흥분으로 인해 동칠의 손가락 간격이 좁혀진 탓에 젝시는 극악한 호흡곤란에 시달렸고, 이제 꼭 자신이 죽게 될 것만 같아 한없이 두려워졌다.

"사… 살려……."

자비를 요청하는지, 도움을 요청하는지 대상이 불분명한 말이었다.

먼저 응하는 건 옆에 있던 자버였다.

"그 손 놔!"

소리는 치고 있지만 꼭 어린아이 목소리다.

몸은 엄청나게 성장했지만, 이상한 병에 걸려 목소리는 어릴 때 그대로인 탓이다.

이때까지 자버가 우두커니 있던 것은 젝시가 먹잇감을 사냥할 때 누군가 껴드는 것을 싫어하기 때문이었다.

자버가 동칠을 향해 한 발을 내디뎠을 때, 쿵 소리와 함께 식당이 울렸다.

때를 같이하여 젝시의 팔이 내려졌다.

기운이 빠져 떨어지는 것인데, 동칠은 그녀가 또 무슨 이상한 물건을 꺼내는 것으로 오인하고 팔을 휘둘렀다.

젝시는 넋을 잃은 채 동칠의 염력에 의해 벽면에 부딪혔고, 이내 바닥으로 쓰러졌다.

그 순간을 기점으로 자버가 상체를 숙인 채 고릴라처럼 돌진해왔다.

"으아아아아!"

동칠은 다른 이들에게 행했던 것처럼 자버를 지목한 팔을 휘둘렀다.

획.

그런데 무슨 농간인지 팔 휘두르는 휑한 바람 소리만 날 뿐 자버는 일체의 흔들림도 없었다.

한 번 더 팔을 휘두를 여건도 되지 않아 동칠은 있는 힘껏 옆으로 몸을 날렸고, 목표를 잃은 자버의 몸은 식당 벽과 맞부딪쳤다.

쿠와앙!

흡사 지진이 난 것 같았다.

몸이 흔들리는 과정에서 동칠이 그가 지나간 곳을 보니, 꼭 그 덩치만 한 구멍이 뻥 뚫려 있었다.

이 식당은 자버로 인해 문이 하나 더 생겨 버린 것이다.

식당의 피해는 그뿐이 아니었다. 천장엔 균열이 가 흙먼지들이 후두둑 떨어졌으니까.

하지만 동칠은 그런 것에 연연해할 여유가 없었다.

자버가 뒤로 돌아 성난 눈으로 자신을 노려보고 있었기 때문이다.

다시 그가 달려올 것이다. 동칠은 생각을 정리했다.

'왜 움직이지 않았지? 혹시 무거워서?'

그 이유일지 모른다. 아니, 그 이유일 것이다.

산만 한 덩치를 가지고 있으니 무리일 것!

생각을 끝맺기도 전에 자버가 다시 육중한 덩치를 이끌고 뛰어왔다.

동칠은 노련하게 아직 다리를 묶은 끈을 풀지 못한 샨을 의식하고, 그녀와 거리를 둔 채 자버를 유인했다.

우좌좍!

재차 자버의 몸뚱이가 식당을 바수고 들어왔다. 다행히 동칠은 이번에도 공격 범위에서 벗어났다.

'두 손을 이용하면 어떨까?'

불현듯 떠오른 생각. 동칠은 그 생각을 실행에 옮겨 보기로 했다.

정신을 집중하고 힘을 발휘할 때의 감을 살렸다.

그리고 자버가 돌아설 무렵, 힘껏 양팔을 한 방향으로 휘둘렀다.

휘익.

잠깐이지만 자버의 몸이 흔들어졌다. 아니, 정확히는 기우뚱거렸다.

원인 모를 힘에 흔들린 게 이해 불가했는지 험상궂은 자버의 표정이 일순 아연해졌다.

반면에 동칠의 얼굴에는 자신감이 들어찼다.

'가능하다.'

하지만 동칠이 자버를 쓰러뜨리기라도 할 요량으로 다시금 있는 힘껏 두 팔을 흔들었을 때, 자버는 움직이지 않았다. 두 다리에 힘을 실어 버렸기 때문이다.

이제는 동칠의 표정이 아연해지고 자버의 표정에 자신감이 들어찼다.

상황이 역전된 것이다.

동칠은 죽기 살기로 염력을 이용해 의자며 탁자 등을 날렸다.

하지만 그것들은 부서지기만 할 뿐 자버의 몸에 찰과상도 남기지 못했다.

어디 그뿐인가? 젝시가 떨어뜨린 채찍과 암기까지 던져 보았지만 결과는 매한가지였다.

보이는 모든 것을 집어던지는 와중에 이미 엎질러진 삼식 이표 자장면까지 자버의 얼굴과 부딪쳤는데, 그것이 그의 화를 부추겼다.

"네놈, 찢어발겨 주겠다!"

이후, 바수고 피하고 바수고 피하는 일이 반복되었다.

한쪽 벽면이 거의 다 부서지고, 천장 일부분까지 무너져 그들의 머리 위로 밤하늘의 별이 다 보였다.

벽에 의해 가려진 시야 때문에 동칠은 자버의 공격을 피하기가 어렵게 되어버렸다.

게다가 잘 뛰지도 않던 몸을 무리하게 놀려 대니 호흡은 가빠지고 머릿속은 하얗게 질려 갔다.

그런 동칠과는 다르게 자버는 지치지도 않는지 더 팔팔해지고 더욱 빨라졌다.

허리를 굽히고 숨을 몰아쉬는 동칠을 본 자버의 입꼬리가 하늘로 치솟았다.

"끝이다. 애송이……."

막 자버가 달려들 무렵이었다.

자신의 손으로 결박을 푼 샨이 동칠에게 달려와 결의에 찬 목소리로 말했다.

"사장님, 피하세요!"

삼식의 두려움 • 181

이미 비수를 꺼내들었지만, 잘 벼려진 이 칼날조차 자버의 가죽보다 질긴 피부를 찢을 수 없음을 아는 그녀다.

단! 한 가지 방법이 있을 것 같았다.

사람이라면 누구나 정수리 쪽이 약하다. 그녀는 자버에게 달려들어 그 급소를 찌를 생각을 품었다.

그녀의 눈은 애처롭게도 이미 죽음을 각오하고 있었다.

달려오는 자버와 달려가는 샨.

사장인 동칠에게 숨을 돌릴 시간이라도 벌어주려는 것. 그것이 샨이 택한 마지막이었다.

곧이어 사단이 일어나리라.

동칠의 눈에 금빛의 홍채가 나타난 것도 그즈음이었다.

샨을 짓뭉개버릴 듯 무섭게 파고드는 자버를 향해 동칠이 가볍게 손을 들었다.

그러자 육중한 자버의 몸이 허공으로 두둥실 떠올랐다.

"어, 어······?"

땅에서 1미터 이상 떨어져 본 적 없는 자버가 포물선을 그리며 2미터, 3미터, 아니 그보다 더 높게 올라가고 있다.

깜짝 놀란 샨이 뒤를 돌아보았더니 사장님이 무표정한 얼굴로 손을 올리고 있었다.

그리고 그가 손을 내린 바로 뒤, 둔탁한 소음이 들리며 대지가 들썩거렸다.

퍽.

아무리 균형 감각 좋은 샨이라고 별수는 없었다.

그녀 또한 흔들림을 감당하지 못하고 그만 땅에 엉덩방아를 찧은 것이다.

"아야."

샨의 아픔이야 아픔도 아니었다.

자버가 떨어진 그곳의 땅은 푹 패여 있었으며 부근으로는 핏물이 질퍽하게 묻어나왔다.

현장으로 샨이 부리나케 달려가 보니, 죽었는지 살았는지 자버는 엎어진 채 미동도 않았다.

그러나 아직 모든 상황이 정리된 것은 아니었다.

동칠의 등 뒤에서 정신을 차린 젝시가 조심스럽게 일어나더니 수백 개의 바늘이 들어 있는 원형 구슬을 꺼내들었다.

그걸 들고 그녀는 최대한 발소리를 죽인 채 동칠이 보고 있지 않은 틈을 타 탈출을 감행했다.

그리고 밖으로 빠져나가는 데 성공한 젝시는 열린 문틈으로 동칠의 머리 위를 향해 원형 구슬을 내던졌다.

"죽어랏, 이놈!"

그의 머리 위에서 곧 깨질 구슬은 수백 개의 바늘을 토해낼 것이다.

꽤나 비싼 마법 무기였기에 젝시도 되도록 사용을 안 하려던 것이었다.

그것을 간파했을까?

동칠의 금빛 홍채가 머리 위에 뜬 구슬을 매섭게 응시했다. 그러자 구슬은 허공에서 정지했고, 빠른 속도로 금이 가기 시작했다.

짜각, 짜각.

젝시는 휘둥그레진 눈을 굴리다 뭔가 크게 어긋났다는 기분이 들었던지 사태를 더 관망하지 않고 문을 닫고 줄행랑을 쳤다.

이윽고 구슬이 깨지는 소리가 들려왔다.

빠각, 빠각, 콰직, 콱.

구슬은 점차 작은 파편으로 변해갔고, 급기야는 가루가 되어 부서진 벽 사이로 불어오는 바람에 흩날렸다.

그 안에 든 바늘들은 구겨지고 구겨져서 동그랗게 말린 구슬이 되어 떨어졌다.

투툭, 툭, 데구르르.

아콴은 멀지 않은 곳에서 그 상황을 다 보았지만 도저히 무서워 입이 떨어지지 않았다.

황룡반점에 대한 수리비 청구는 꿈도 꿀 수 없음이다.

그것은 주방 안에서 이빨을 다닥다닥 부딪치고 있는 삼식도 마찬가지였다.

※　※　※

사장님 팔에 팔짱을 끼고 와룡반점으로 돌아가면서 샨은 계속 눈물이 났다.

훔치고 또 훔쳐도 마르지를 않는 것이다.

슬픔의 눈물이 아니었다. 너무 행복하고 좋아서 흘리는 기쁨의 눈물이었다.

샨이 너무 찰싹 달라붙어서인지 동칠에게는 없던 애정이란 감정이 다 생겨나려 했다.

사장과 종업원이 사귀지 말라는 법도 없었으므로 문제 될 것은 없었지간, 동칠은 되도록 그 감정을 거두고 싶어 했다.

'매번 볼 때마다 느끼지만 샨은 몸매도 착하고 확실히 예쁘다. 그렇지만 얘는 너무 귀가 뾰족한데……'

이번에도 동칠은 자신이 한 일을 기억하지 못했다.

줄곧 도망단 다니다가 느닷없이 샨이 곤경에 처한 것을 보며 의식을 잃었던 것까지는 기억이 났다.

그러다 어느 순간 정신을 차려 보니 뱃살이 출렁거리던 남자는 땅에 박힌 채 죽은 듯 누워 있었고, '채찍녀'도 사라지고 없었다.

그 부분에 대해서 샨은 설명하지 않았고, 동칠도 묻질 않았다.

이제야 드는 생각이지만, 샨은 그때 사장님이 본신의 힘을 숨겼다고 생각했다.

그녀가 그렇게 느끼는 이유도 있었다. 물론 철겨한 착각이었지만 말이다.

'더 가지고 놀려고 하셨던 거겠지. 그 무서운 자버를……'

제멋대로 판단한 샨이었지만, 만약 이후에 그녀가 묻는다 한들 동칠은 명확한 답을 줄 수 없을 것이다.

자신도 모르는 새에 일어난 일을 어떻게 설명하랴.

재차 동칠의 뇌리에 자버의 쓰러진 모습이 어른거렸다.

'죽었을까?'

살인이라는 것은 죄의식을 가져다주는 일이다.

그러나 동칠은 설사 그가 죽었다 한들, 크게 미안해하지는 않을 터였다.

그것은 엄연히 정당방위였으므로.

벽도 박살내버리는 그가 자신을 밀쳤다면 뼈가 으스러졌을 것이다. 다시 생각해봐도 그는 자신을 죽이려고 달려든 것이 맞았다.

왜 그들이 샨을 납치한 것인지가 궁금하기는 했다.

'예쁘니까 납치했겠지……'

동칠은 그렇게 생각하고 말아버렸다. 납치는 주로 예쁜 여자에 한해서 이루어지지 않던가!

샨에게 죄가 있다면 예쁜 것이었다.

그렇게 생각하니 또 오늘로 끝날 일이 아닌 듯해, 동칠은 앞으로 샨을 은행 보내는 날에는 경호를 붙여 줘야겠다고 다짐했다.

  그때, 불현듯 산을 닮은 검은 연기가 동칠과 샨을 향해 두둥실 떠왔다.

  "얼레?"

  두 사람은 의아할 수밖에 없었다.

  하지만 곧 샨을 만난 연기는 거짓말처럼 흩어졌고, 이윽고 데몬이 모습을 나타냈다.

  그리고 두 사람을 보았을 때, 데몬은 매우 놀랐다.

  가까운 거리도 아니고 여기는 샨체 마을이 아닌가.

  비장의 마법진까지 발동하여 다다른 자신보다 결국 동칠이 빨랐던 것이다.

  한동안 데몬은 심각한 눈으로 동칠을 뚫어져라 쳐다봤다.

  '대체 무슨 마법을 사용한 거지? 이 자리에서 물어볼 수도 없고…….'

  둘만 있는 자리였다면 모르겠지만 샨이 있었다.

  그것도 초췌한 안색에 헝클어진 머리, 먼지 범벅이 된 그녀이기에 데몬은 의문을 뒤로 미뤄두어야 했다.

  그리고 얼마 후 세 사람은 티모르 마을에서 판테스, 보덴, 하만과 합류할 수 있었다.

  그러나 그들은 정작 가르데일이 어디로 간 건지 알 수가 없었다.

  너무나 실력이 뛰어난 나머지 너무나 멀리 간 것이다.

수소문도 없이 그는 샨이 잡혀갔던, 이제는 폐허가 된 황룡반점에까지 다다랐다.

정말 잘난 것도 탈이었다.

주변을 수색하던 가르데일은 피범벅이 되어 땅에 쓰러져 있는 자버를 발견했다. 그리고 오래지 않아 샨을 다른 사람이 데리고 갔다는 것을 인지하게 되었다.

그런데 그녀를 데리고 간 발자국은 꼭 동칠의 발 크기만 했다.

고개를 갸우뚱거리며 그 발자국을 추격했을 때, 가르데일은 자신이 점차 와룡반점을 향해 가고 있다는 것을 깨달았다.

"역시 그가 구한 건가?"

창피함은 없었다.

동칠은 자신이 이루지 못한 경지를 이룬 사내였으므로.

그와 자신의 실력 차이를 다시 한 번 실감하며 가르데일은 멋쩍게 웃었다.

"난 아직 그를 따라가려면 한참은 멀었군."

착각의 늪은 깊고도 깊었다.

＊　＊　＊

자버는 죽지 않았다.

그로부터 하루 뒤, 젝시가 돈을 주고 데려온 신관에 의해 일어날 수 있었던 것이다.

몇 리터의 피를 흘렸음에도 살아났다는 건 자버의 생명력이 그만큼 질기다는 것을 의미했다.

치유의 은총을 받았더라도 안정은 필요하다.

자버는 당분간 일을 할 생각도 못한 채 탐정 길드로 돌아가기 위해 비틀비틀 걸어갔다.

그러나 젝시도, 자버도 그 힘에 대항해 복수를 꿈꿀 생각은 없었다.

따라오지 않는 신관을 의아하게 생각한 젝시가 뒤로 돌아 물었다.

"당신은 가지 않나요?"

"먼저들 가시오. 나는 이곳에서 해야 할 일이 있소."

그가 남는 이유를 오해한 나머지 젝시는 진심을 담아 충고했다.

"혹시 그 힘에 대항하려거든 지금이라도 그만두는 것이 좋아요."

"그 힘이라니? 나는 당신들의 적과 상관이 없소. 다른 놈들을 찾을 뿐이지."

"그런가요? 내가 잘못 짚었나 보군요. 아무쪼록 위험한 곳이니 그자와 엮이지 않도록 조심하시길."

그 말만 남기고 젝시는 자신의 채찍을 챙겨 느릿느릿 걸어가는 자버를 쫓아갔다.

 한편, 신관은 그 경고를 웃어넘겼다.

 자신은 바하트마 신성 제국에 적을 둔 파타마 신전의 잔트이기 때문이다.

 자신에게 대항하면 파타마 신전에 대항한 것이 되고, 나아가 바하트마 신성 제국에 대항하는 게 된다.

 멍청이가 아니고서야 이런 촌구석에서 그런 짓을 벌일 사람은 없었다.

 어디까지나 잔트 자신의 신분을 밝힌 뒤의 일일 테지만.

 그가 이곳에 온 이유는 하나, 바로 동칠교 때문이었다.

 동칠교의 신도들은 겁도 없이 파타마 신전의 사제를 폭행했다.

 뿐만 아니라 피를 쏟으며 쓰러진 그를 향해 그릇된 신앙을 믿고 있다고 손가락질까지 하였으니, 이는 좁게는 파타마 신전을 모욕한 것이요, 넓게는 신성 제국을 모욕한 꼴이 된다.

 잔트는 그들을 오랫동안 추적하다 신도로부터 이 근방에 동칠교가 있다는 제보를 받았다. 그렇잖아도 벼르고 있던 찰나 마침 그를 찾아준 젝시는 고마운 상대였다.

 조금 있으면 이곳으로 파타마 신전 소속의 사제들과 성기사가 올 것이다.

 문어발 확장으로 거침없이 자라나는 동칠교. 지금 잔트는 동칠교 신도들을 벌하고 그 뿌리를 단절하러 왔다.
 결국 젝시는 올바른 경고를 한 셈이었다.

 또다시 와룡반점의 후일은 어김없이 찾아왔다.
 푹, 푹, 푹.
 짚으로 만든 허수아비를 찌르는 소리였다.
 기이한 것은 허수아비에 검이 닿질 않았다는 점이다.
 멀리서 그 광경을 보는 자들은 찢어져라 입을 벌리고 있었다.
 허수아비와 동칠 사이의 거리는 무려 5미터. 그만큼 거리를 두고 찌르는 검에 의해 허수아비에 구멍이 숙숙 뚫리는 중이었다.
 보는 자들이야 어떻게 받아들일지 몰라도, 동칠에게는 무리한 수련이 아니었다.

손을 대지 않고도 타인의 목을 조를 수 있는 염력을 가진 그였기에, 자연히 그 손에 검이 쥐어진다면 목표물을 찌를 수도 있는 것이다.

동칠이 이런 수련을 하게 된 계기는 자버 때문이었다.

자신이 물리쳤다고는 하지만 의식도 없는 사이에 벌어진 일이니 영 불안해서였다.

대한민국에서 이런 진검을 들고 다니려면 허가를 받아야 할 테지만, 이 세상은 아니었다.

아무나 검을 들고 다녀도 뭐라 할 사람이 없었기에 동칠은 주위의 눈치를 살필 필요도 없었다.

그래도 검을 소지할 수 있는 세상이라는 데 만족보다는 불만이 크다.

무엇보다 이곳이 무법지대라는 점이 제일 마음에 걸렸다.

'치안을 강화할까?'

상단이 있어 상인들에 한해서는 치안이 유지된다. 하지만 그 외의 대상들은 전혀 보호받지 못한다.

샨만 해도 벌건 대낮에 납치를 당했었다지 않던가.

하물며 다른 아녀자라 할지라도 무사하리라는 보장이 없었다.

그러나 못할 것도 없었다. 동칠은 이 부근에서 대지주나 다름없었기 때문이다.

사람들이 안심하고 다니게끔 만든다면 그보다 좋은 일도

없을 것이다.

"우선은 사람들하고 상의를 해봐야겠지? 이 근처가 안심하고 다닐 정도가 된다면 사람들도 더 많이 몰릴지 몰라. 그래, 그 점을 강조하자."

자신이 뭔가 대단한 일을 계획하고 있다는 생각이 들어서인지 그의 표정은 더할 나위 없이 뿌듯해졌다.

그런 그의 나이 스물여섯.

이 세계에 온 지 1년이 흘렀으니 26살이 된 셈이다.

적지도 많지도 않은 나이였다.

지금처럼 뜻을 펼치기도 할 시기였고, 결혼에 대해 진지하게 생각해볼 시기이기도 했다.

하지만 그는 아직 자신이 결혼할 나이는 아니라고 여겼다.

더 일하고 더 번 후에 늦장가를 들 생각이었던 것이다.

또한 아직 사랑하는 사람도 없는데 서두를 필요가 없었다. 괜히 일찍 결혼했다가 더 마음에 드는 처자가 나타나면 어쩐단 말인가.

여태 사랑 한번 안 해본 동칠이기에 더더욱 신중한 입장을 보이고 있었다.

그러나 이기 동칠은 이 산 아래 수많은 마을 처녀들의 타깃이었다.

자연재해 미노타우로스

'와룡반점의 사장만 잡으면 팔자가 편다!'

그것은 처녀들 간에, 그리고 이혼녀들 간에, 심지어 결혼한 처자들 간에도 공공연히 떠도는 말들이었다.
물론 둔한 동칠은 그런 기미조차 못 느끼고 있었지만.
괜히 여인들이 친구를 밀어 자신의 품에 안기게 하고는 깔깔대던 걸 그저 장난이라고만 치부했고, 돌부리에 걸리지도 않았는데 넘어지며 자신을 붙드는 여인들에게는 정색을 하며 괜찮냐고 물었다.
동칠의 무관심이 길어지자 여인들은 정말로 동칠을 흠모하기 시작했다.
밤마다 잠을 못 이루는 여인들이 늘어났고, 시장에 동칠이 오기라도 하는 날에는 그를 보기 위해 모든 일을 팽개치고 달려올 정도였다.
오히려 사랑하는 마음이 깊어질수록 여인들은 속마음 밝히기를 꺼려했다.
분명 일을 저질러놓고 보겠다는 대담한 여인들도 있긴 했으나, 그녀들은 아직 이렇다 할 기회를 찾지 못했다.
동칠 입장에서는 다행인 셈이다.
많이 품을수록 좋다는 대다수의 남자들과는 다르게 그는 한 여자만 사랑하겠다는 지고지순한 가치관을 가지고 있었으므로.

코가 꿰이는 순간, 사랑은 물 건너가 버릴지도 모르는 것이다.

실로 위험한 상황(?)에 놓여서도 동칠은 깨닫지 못하고 다른 공상만을 했다.

'늘 하던 생각이었지만 이제는 없는 사람들에게도 기회를 주고 싶다.'

동칠 자신이 못 먹고 못 살아 품었던 생각이었다.

방법이야 많았다.

아직 땅의 태반이 남아 있으니 그 땅을 빌려 주고 와룡은행에서 자신의 명의로 대출을 해주면 각자 적성에 맞는 일을 할 수 있을 것이다.

어디까지나 이 부근의 중립지대에 한정되는 얘기였다.

그래도 그게 어디인가?

생전 처음으로 남을 돕는 사업을 계획해서인지 동칠은 기분이 좋았다.

그런 생각을 하면서도 한 번도 검을 멈추지 않았던 까닭에 허리 부분이 헐거워진 허수아비는 꼬꾸라지고 말았다.

그런데도 동칠은 허공에 연거푸 검을 찔러댔고, 그 광경에 종업원들은 이렇게 생각했다.

'사장님이 딴생각을 하시나?'

데몬도 그와 비슷한 생각을 품었다.

'뭘 하는 거지?'

이처럼 다른 사람들은 별로 놀라지 않았던 데 반해, 유독 가르데일은 크게 눈을 떴다.

'무아경!'

이 또한 선사로부터 들었던 가르침이었다.

무아경. 또는 무아지경이라고도 한다.

검술에 심취해 스스로를 잊는 경지를 일컫는 말이다.

물론 무아경이란 경지에 대해서는 왈가불가 말이 많았다.

검술 초보자도 할 수 있는 것이라고도 하고, 소드마스터도 이룰 수 없는 경지가 그것이라고도 했다.

해석은 제각각인 것이다.

슈슈슉.

사념을 떠안아서인지 동칠의 검을 쥔 손에 이렇다 할 힘이 들어가 있지 않았다.

그래서인지 검을 찌르는 속도가 빨라졌고, 그를 지켜보는 무리들은 속으로 탄성을 질렀다.

'오오오오!'

그러나 가르데일은 그 손에 땀이 쥐어졌다.

'한 동작도 놓치면 안 된다. 한 동작도······.'

지금 그는 스승에게 가르침을 받는 마음으로 동칠의 찌르기를 감상하고 있었다.

실상 동칠이 보여 주는 무위는 놀라운 것이었다.

만약 저 앞을 모르는 사람이 지나간다면 본인도 모르는 사이 배에 구멍이 숭숭 뚫려 버릴 것이기 때문이다.

그러나 너무 허공만 찔러댔을까?

가르데일을 제외한 사람들은 하나 둘씩 발길을 돌리고 있었다.

"하핫, 전 그스톱이나 치러 가야겠습니다."

"저도……."

데몬이 제일 마지막에 발길을 돌리며 물었다.

"안 가십니까?"

가르데일은 귀찮다는 듯 손만 획획 저었다. 혼자 가버리라는 것이다.

샨이 판테스와 함께 은행에 가버린 지금, 데몬 혼자서 할 수 있는 것이라고는 화투장으로 점을 보는 것밖에 없었다.

그것도 나쁘진 않을 것 같았는지 데몬은 스스럼없이 안으로 향했다.

바로 그때였다.

짜각.

혼탁한 소리!

바위가 신음을 토해내는 소리였다.

응집된 마나가 동칠도 모르는 사이 검에 주입되어 그 끝을 통해 허수아비보다 더 먼 곳에 있는 바위의 한 점을 찔렀음이다.

가르데일은 몸을 부들부들 떨었고, 데몬도 그 소리에 의아한지 돌아섰다.
 이윽고 수련에 지쳤는지 동칠은 자리를 떠나 시원한 저장고 안으로 발걸음을 옮겨 갔다.
 그러자 가르데일과 데몬은 날듯이 달려가 그가 찌른 바위를 살펴보았다.
 얕게나마 분명 검상이 존재했다.
 데몬이 꽤 흥분한 목소리를 냈다.
 "역시 닿기는 닿았군요. 이 먼 거리의 바위를 찌르다니, 저게 정말 검술만으로 설명이 가능한 겁니까?"
 대답 없이 가르데일은 진중한 눈으로 동칠이 찌른 부분을 손으로 슥슥 문질렀다. 예상대로 돌가루가 묻어났다.
 그러나 의아한 건 그을음이 같이 묻어난다는 점이었다.
 마침내 데몬이 경악성을 토해냈다.
 "불의 흔적……."
 실상 동칠도 염력과 염화력이 뒤엉킨 이 현상을 재현해보라고 하면 못할 것이었다. 잡생각들 속에서 우연찮게 이뤄진 일이었으므로.
 도무지 동칠과 자신의 실력 차이가 어느 정도인지 가늠이 되지 않아 가르데일은 깊은 심연으로 빠져들었다.
 그때, 그런 그를 구원해주는 데몬의 목소리가 있었다.
 "이건 마법입니다."
 "검술이야."

"마법이래도요!"

"검술이라그!"

한참 실랑이가 벌어졌다.

어느새 두 사람은 서로의 멱살을 움켜잡고 드잡이질까지 하고 있었다

고개를 내려 보이는 데몬의 손을 주시하며 가르데일이 곱지 않은 음성으로 물었다.

"자네 지금 내 멱살을 잡은 건가?"

"하하, 어르신이 먼저 잡으셨지요."

"지금 한번 해보자는 건가?"

"못할 것도 없지요."

데몬이 이렇게까지 기어오를 수 있는 것은 오랫동안 동고동락을 하며 맞고를 쳐 왔기에 가능한 일이었다.

사실 이 정도는 약과였다.

맞고를 칠 땐 물건이 서로를 향해 날아다닌 적까지 있었으니까.

다행히 이 드잡이질이 유혈 사태로 번지지는 일은 없었다.

한 중년 여인이 찾아와서다.

"그분을 뵙고 싶습니다."

이미 여러 차례 찾아온 여인이었다.

아말렌이란 이름의 이 여인은 동칠교의 실질적 교주 역할을 맡고 있었다.

그녀가 교주를 담당한 건, 자신들이 믿는 동칠을 신으로 격상시키기 위함이었다.

또다시 한심한 사람이 찾아왔지만 두 사람은 그녀를 나무랄 생각은 없었다. 측은히 여길 뿐…….

'불쌍한 사람.'

데몬이 먼저 가르데일의 멱살을 잡았던 손을 풀고서 동칠에게 향하려 했다.

그러나 아직 아니었다.

"안 놔주실 겁니까?"

그제야 손을 거두는 가르데일.

데몬은 입술을 비죽 내민 채 툴툴거리며 저장고로 향했다.

"동칠, 사람이 찾아왔소."

지하에 고개를 드밀고 외친 소리는 저장고 내부에 메아리쳐 동칠의 귀에 닿았다.

"누군데요?"

"왜 있잖소. 아말렌이라고."

그러고 보니 그날이었다.

동칠 자신이 동칠교도들에게 생활비를 지급하는 날.

이렇다 할 수확도 거두지 못하는 밭을 갈고 있는 사람들이지만, 동칠은 저들을 굶겨 죽일 순 없었다.

그는 최소한의 인간 된 도리를 지키고자 하는 것이었다. 밭일을 시킨 것 또한 자신이었으므로.

교주 아말렌이 한 달에 한 번 찾아오는 것도 동칠은 불편했지만, 그것마저 거절할 수는 없었다.

얼른 돈이나 쥐어줘서 보내야겠다는 작심하에 부채질을 멈추고 일어서서 대답했다.

"나가요."

곧 동칠이 땅에 올라서니 아말렌은 자신의 치마가 흙에 더럽혀지는 것도 개의치 않고 몸을 납작 웅크렸다.

"강녕하셨는지요?"

예를 차려 묻고 있지만, 동칠은 차갑게 대꾸했다.

"일어나요."

누구 명이라고 어겉쏘냐.

아말렌은 그 즉시 일어나 황망하게 고개를 떨어뜨렸다. 감히 동칠 신의 눈을 마주할 수 없는 것이다.

그런 그녀의 새까맣게 탄 얼굴이 불쌍하기 그지없지만, 동정심에 근처에서 일을 시킨다면 매일 찬양만 해댈 수도 있고 와룡반점을 찾는 손님들이 거북하게 받아들일 수가 있으니 안 된다.

그는 독해질 필요가 있었다.

저들을 세상과 격리시켜야만 자신이 산다.

꼭 휴일 때만 찾아오라고 아말란에게 지시했던 것도 그래서였다.

반면에 아갈렌은 오늘 동칠 신을 만난 것을 신도들에게 자랑스럽게 얘기할 것이다.

동칠이 매정한 게 아니었다.

이렇게 딱한 처지가 된 것은 그릇된 신앙을 믿는 그녀와 동칠교 신도들 탓이었으므로.

'먹고 자는 데 부족함은 없어야지. 오늘은 조금 더 주자.'

짠한 마음에 동칠은 아말렌에게 3골드나 건네주었다. 역시나 그녀의 눈이 휘둥그레졌다.

"이, 이렇게 많이 주시면……."

"됐어요. 그냥 가지고 가요."

돈만 전해준 뒤, 동칠은 냉정하게 돌아섰다.

그에 아랑곳 않고 아말렌은 황송함에 그의 등을 향해 절을 하고 또 절을 올렸다.

따지고 보면 그도 사이비 신이지만, 동칠은 여느 사이비 신들보다는 훨씬 나았다.

자신은 신이라는 걸 극히 부정했고, 신도들 등도 쳐 먹지 않았기 때문이다.

게다가 인간적인 온정이 있으니 아말렌을 비롯한 동칠교도들은 그를 미워할 수도 없었다.

저장고 안으로 들어가는 동칠의 뒷모습을 보던 아말렌은 가슴이 격하게 끓어올랐다.

조금이나마 그가 자신들에게 가르치려는 바를 느끼고 있는 탓이었다.

'무릇 사람됨을 일깨워주시려고 하셨어. 신께서는…….'
그렇게 아말렌은 또 한 번 동칠을 오해하고 있었다.

 아말렌에게 오늘 있었던 일을 전해들은 동칠교도들은 그녀가 느낀 것처럼 자신들이 큰 가르침을 받았다고 생각했다.
 이들 중 일부는 인간의 잣대에서나마 그가 신의 자질이 충분하다고 여겼다.
 동칠 신의 뒤로 후광이 비쳤다는 둥 궤변을 늘어놓았던 것만 빼고 아말렌은 진솔했다.
 특히나 그에게서 받은 3골드는 총무에게 고스란히 건네졌다.
 "이번엔 많이 주셨어."
 돈을 받은 총무 칼은 물론, 근처에서 그걸 보는 신도들은 아연함을 금치 못했다.
 "아, 아니… 이렇게나 많이?"
 "교주님, 너무 많이 받아오신 것 아닙니까? 저희는 아직 밭에서 수확한 것도 없는데 말입니다."
 "저는 그저 주시니 황송하게 받았을 뿐입니다. 그분이 내리신 걸 거절할 수 없으니……."
 아말렌은 총무와 몇몇 이외에는 신도들과 말을 놓지 않았다.

동칠교는 사교 집단이 아니라 신성한 뜻을 기리고 받들기 위해 만든 종교 집단이었기 때문이다.
 동칠의 뜻은 누구나가 느낄 수 있는 것이었다.
 요약하자면,

 인간답게 살아라.
 사람을 대하는 데 아낌이 없어야 한다.
 네 배만 걱정하지 말고 이웃의 배도 걱정해라.
 남에게 손해를 끼치지 마라.
 그에게 얻은 게 없을지라도 베풀어라.

 등등이었다.
 몇 번 만나보지도 못한 동칠에게서 이처럼 많은 걸 깨달은 그들이었다.
 당연히 확대, 과장, 허위 해석한 점이 틀렸다.
 동칠은 동칠교도들에게 그런 걸 가르치려는 생각은 전혀 없었다.
 그냥 나가주기만을 바랐을 뿐이다.
 하나, 멀어지기는커녕 점점 심취해가는 사람들.
 우습게도 교리는 신도들에 의해 만들어지고 있었다.
 가르데일이나 데몬처럼 혼자서 만든 착각의 늪도 깊거늘, 하물며 20여 명의 사람들이 합쳐 만든 착각의 늪이야 두말

할 필요가 없는 것이다.

지구의 어떤 철학자는 그랬다. '신은 인간이 죽인 것이다.' 라고.

신이 지구상에 현신했는지는 아무도 모른다.

그러나 일부 사리가 깊은 사람들은, 신이 지구상에 현신했더라도 살해당했을지 모른다고 추측했다.

그것도 신을 맹목적으로 추종하고 따르던 인간들에 의해서.

믿음이 깨어지고 이해관계가 어긋나면 따르던 이들이 적으로 돌변할 수도 있다는 이야기였다.

그릇된 신앙이란 이처럼 무서운 법이다.

하지만 아직까지 밭을 일구는 동칠교의 신도들에게서 그런 낌새는 보이지 않았다.

밭을 일굼으로써 마음을 닦고, 노동을 하며 흘린 땀으로 철학을 알아간다.

작금, 동칠이 신이 아니란 걸 깨우친다 해도 이 중에 그를 해하고자 마음을 품을 사람은 아무도 없었다.

교리가 나름 순수했기 때문이다.

어디로 가도 산으로 가면 된다고 하는 말이 있다.

비록 동칠교도들이 동칠을 신으로 오인하고는 있지만, 인성만은 제대로 키우고 있는 셈이었다.

자신들의 신앙에 대한 토론은 오래도 이어졌다

그러다 칼은 장을 보러 가기 위해 신도 둘과 길을 떠났고, 못다 한 토론이 세 사람 간에 오갔다.

"그분께서는 정말 우리에게 많은 것을 주셨습니다. 살 집도 지어주시고, 매달 생활비에, 이러한 가르침까지 주시니……."

"가진 것 다 버리고 오길 잘했습니다. 참된 인생을 깨달았으니까요."

"시련 속에서 이루어졌다는 게 더욱 뜻깊지 않겠습니까?"

"그렇지요."

이들이 지칭하는 시련 속이란 동칠이 아무런 환경도 제공하지 않고 방치해두었음을 일컫는 말이었다.

마음 모질게 먹고 3일 동안 이슬을 피할 거처조차 마련해주지 않았으므로.

물론 동칠의 잘못이 아니었다. 멋대로 와서 눌러살겠다고 하던 신도들 탓이었음이다.

동칠은 힘들어 떠나라고 그리한 것인데, 신도들은 미련하게도 고행을 선택했다.

사람들이 버린 널빤지들을 구해다 와서 바닥에 깔고 거적을 덮고 잤으니, 편한 생활에 익숙하던 자들은 견디기 어려운 그야말로 고행과도 같았다.

결국 한 신도가 시름시름 앓았고, 마음 약한 동칠이 철가방 하만을 시켜 치유가 가능한 마법사를 불러오게 했다.

리온 공국은 동칠의 부탁이라는 말에 자세한 사정도 듣지 않고 흔쾌히 실력이 뛰어난 궁중 마법사를 보내주었고, 그를 통해 신도의 상태는 호전되었다.

고마움의 대가로 동칠은 그에게 소정의 돈을 지불했다.

마법사는 한사코 마다했지만 동칠의 마음은 그게 아니었다.

그리고 그 일 이후 동칠은 자비를 베풀어 인부들을 고용, 신도들이 머물 거처를 지어주도록 했다.

자재를 가져와 건물을 만들었는데 그게 동칠교도들의 집이 된 것이다.

있으면 속만 썩일 인간들이지만 동칠로서는 다른 방법이 없었다.

그저 조용히 농사나 지으며 살길 바랄 뿐……

그렇게 마음이 약해진 게 한두 번이 아니었다.

생활비도 그리해서 지급된 것이다.

동칠은 후에 그들이 일군 밭에서 난 수확물을 모조리 가져가겠다고 했으나 신도들은 오히려 반기기까지 했다. 신에게 무언가를 바친다는 게 뿌듯했던 것이다.

또한 자비까지 베풀어줬으니 응당 그리하는 게 옳다고 믿었다.

신도들의 불안함은 오히려 그쪽에 있었다.

"저희가 무엇이라도 수확해서 드려야 할 텐데 달입니다."

자연재해 미노타우로스 • 211

"내 생각도 그렇소. 여러 씨를 뿌려 보았지만 밭에서 제대로 자라나는 게 없으니……."

답답하기는 세 사람 다 마찬가지였는지 그들은 푹푹 한숨을 내쉬었다.

이윽고 삼거리에 다다랐다.

세 사람은 각기 맡은 살 거리를 정하고 돈을 나눈 후, 그 자리에서 헤어졌다.

"기다릴 것 없이 준비되는 사람들은 돌아가요."

"예, 그러겠습니다."

"그럼 이따가 봅시다."

칼의 말에 두 신도들은 너 나 할 것 없이 고개를 끄덕이고는 손을 흔들며 멀어졌다.

그리고 칼도 몸을 돌려 일을 보기 위해 걸음을 옮겨 갔다.

우선 들를 곳은 피복 상점이었다.

그런데 그가 향하는 곳은 제1상점가도, 제2상점가도 아니었다.

제1상점가에 피복 상점이 있긴 했지만, 칼이 필요로 하는 것은 그런 곳에서 파는 고급스러운 옷가지들이 아니었다.

그는 일상복이 아니라 밭일을 하면서도 아무렇게나 입을 수 있는 헐거운 작업복을 구하는 것이다.

농가들이 죽 늘어선 이 길로 가면 남이 입다가 버린 옷들을 수거해 파는 상점이 있다.

그러나 칼은 길눈이 어두운 편에 속했고, 이곳을 찾은 건 이번이 두 번째인지라 상점을 찾는 데 애를 먹었다.

무엇보다 비슷비슷한 정경들이 그의 판단을 흐리게 했다.

"이쪽인가? 저쪽인가?"

한참을 고민하던 칼은 갈림길에서 왼쪽으로 들어갔다.

이후에도 아리송한 길이 여러 번 나오며, 그는 그만 길을 잃어버리고 말았다.

"어? 여기가 아니었는데……."

그제야 길을 잘못 들어섰다는 걸 깨닫고 돌아섰지만, 이미 너무 멀리 와버린 뒤였다.

"어디가 어디야?"

이제는 돌아가는 길도 잃어버렸다.

마음이 조급해지니 판단력도 둔해져 발길 가는 대로 돌아다녔다.

그러다 졸지에 공동묘지까지 와버린 칼.

때는 어스름이 깔리기 시작한 저녁이었다.

"어떻게 하지? 어떻게?"

대답을 해주는 대상이 있었다. 그러나 목소리는 멀쩡한 사람의 것이 아니었다.

그으으으.

사람의 외형이긴 했으되 시퍼런 몸, 썩어 너덜너덜한 옷, 살이 부패해 냄새가 코를 찌르는 저것은 좀비였다.

좀비는 사람을 습격하며 그 살을 뜯어먹는다고 전해진다.

그것을 들어서나마 알고 있는 칼인지라, 그의 정신 맨 밑바닥에서 공포심이 머리까지 치고 올라오며 온몸에 소름이 돋아났다.

오싹.

칼이 놀라고만 있는 그 순간에도 좀비는 터덜터덜 걸어왔고, 경각심이 극에 달한 칼은 비명을 지르며 도망쳤다.

"사람 살려~!"

이 순간에는 오로지 살아야겠다는 일념뿐이었다.

자신이 동칠교의 신도이자 총무를 맡고 있는 칼이라는 것도, 세상에서 가장 존경하고 따르는 대상이 동칠 신이라는 것도, 지금 자신은 장을 보기 위해 나온 것이라는 사실까지 까맣게 잊어버렸다.

필사적으로 내달렸지만 여전히 공동묘지 안. 더 많은 좀비들이 살아 있는 그를 노리고 다가오고 있다.

결국 기어이 칼은 공동묘지를 가로질러버렸다.

더욱 환장할 일은 그 공동묘지의 끝이 천 길 낭떠러지였다는 점이다.

칼의 몸은 영혼을 쥐어짜는 듯한 비명 소리와 함께 끝 모를 바다로 추락하고 있었다.

※ ※ ※

그로부터 나흘 후.

쿵.

집채가 울리는 듯한 소리가 났지만, 동칠은 곤한 잠에 빠져 얼굴만 긁어댔다.

그러나 그것은 이어지고 있었다.

쿵.

계속해서 동일한 현상이 반복되고 있다. 문제는 이 흔들림 현상이 심해진다는 것이다.

꿈이 아니라 현실에서 벌어지고 있는 일임을 감지했는지 동칠은 눈을 번쩍 뜨고 이불을 걷으며 벌떡 일어났다.

"뭐, 뭐지?"

그의 직감이 잘못되지 않았음을 증명이라도 하듯 쌓아두었던 책들이 어지럽게 널려 있었고, 집기들이 제자리를 잃은 채 방을 지저분하게 만들어 놓았다.

또 한 차례 그 소음이 들렸을 때, 동칠에게는 평정이 남아 있을 수가 없었다.

꼭 천장이 무너질 것 같았기 때문이다.

문턱에 걸터앉아 서둘러 신을 신고 나가 보는데 또 한 번 쿵 하는 소리와 함께 동칠의 몸이 흔들렸고, 신발 한 짝이 죽 밀려갔다.

'큰일이다. 흔들림이 점점 커지고 있다.'

이대로라면 무너지는 건물의 잔해에 깔려 죽을 수도 있다.

손톱만 한 여유도 남아 있지 않아 동칠은 퍼뜩 일어서서 신발을 신고는 서둘러 현관문을 향해 달려 나갔다.

벌써 카운터의 물건들은 바닥으로 적잖이 떨어진 상태였고, 의자들이 엎어져 있는가 하면 물기를 말리려고 엎어놓은 플라스틱 컵들이 볼썽사납게 굴러다니고 있다.

그러는 동안에도 땅이 울려 동칠은 한쪽 다리를 들고 외발로 콩콩 뛰었다.

사람은 누구나 감이라는 게 있다.

동칠도 진원지를 대충 감 잡았는지 현관문을 빠져나가는 순간 무작정 그곳을 향해 달려갔다.

쿵.

진원지로 다가가며 진동이 아까에 비할 바 없이 커진 바람에 동칠은 그만 균형을 잃고 쓰러졌다.

하지만 쓰러졌다고 누워 있을 수만은 없었다.

사위도 어두워서 두려움은 걷잡을 수 없이 커졌지만, 동칠은 일어서서 다시 달렸다.

다행히 멀지 않은 곳에 판테스와 종업원들이 횃불을 밝히고 서 있는 모습이 보였다.

지근거리에는 데몬과 가르데일도 있었다.

그리고 그 앞쪽으로 이 흔들림을 일으키는 것으로 추정되는 생명체가 보였다.

저것은 소다!

소고기 탕수육을 위해 꿈에도 그리던 소였건만, 동칠은 차마 반겨 줄 수 없었다.

와룡반점보다 무식하게 커다랗고, 거대한 삼지창까지 들고 두 발로 걸어 다니는 저런 소는 원치 않았던 탓이다.

놈의 몸무게만도 어마어마할진대, 삼지창까지 들고 걷고 있으니 땅이 몸을 뒤틀며 신음을 토해내는 것이다.

저것의 정체를 따로 물을 필요는 없었다. 데몬의 입이 친절하게 설명해주고 있었기 때문이다.

"미노타우로스가 출몰할 줄이야……."

미노타우로스.

동칠이 자주 보던 몬스터 대백과에 따르면, '미노타우로스는 발굽이 갈라져 있으며…' 로 시작하는 외형 설명이 있기는 했지만 그림은 그려 있지 않았다.

특히나 '마주치지 않도록 피하는 게 좋다.' 로 끝맺는 문장에 동칠은 '아, 그런 몬스터가 있나 보다.' 라고 생각하고 말았을 뿐이다.

자연히 저놈이 소였다는 것도 알 수 없었고 말이다.

그러나 소라고 보기에는 힘든 구석이 있었다.

일단 너무 컸으며, 두 발로 당당하게 걷고 또한 삼지창까지 들고 있질 않은가.

동칠은 다시 한 번 현실과의 괴리감이 느껴졌다.

'돼지도 그러더니 소는 왜 저따위?'

꾸뤄릭 따위는 감히 미노타우로스에 비할 바가 못 되었다.

소 주제에 주변을 압도하는 위압감까지 풍기고 있는 저 모습을 보라!

놈 앞에서는 모든 게 무력해 보였다.

판테스도, 보덴도, 하만도, 율카스도……. 심지어는 데몬과 가르데일까지 말이다.

무리도 아니었다.

자신들의 볼품없는 키라 봐야 저 녀석의 무릎에도 닿질 않기 때문이다.

딱 녀석이 울었다.

음머~

정감 가는 시골 이웃집의 소 울음소리이건만, 너무 컸던 탓에 부근에 있던 와룡반점 식구들의 귀가 다 멍멍해질 정도였다.

"저, 저거 어떻게 하지요? 하필이면 저희 가게 쪽으로 가는 것 같은데……."

보덴이 느낀 대로라면 와룡반점이 풍비박산 나는 건 일도 아니었다.

놈이 알아서 비켜 가주면 좋겠지만, 앞을 가로막는 나무를 부러뜨리거나 힘들게 피어난 꽃들을 가볍게 밟고 지나가는 모습을 보면 그래주지는 않을 듯싶었다.

이때, 샨도 달려왔다. 이 와중에 화장을 하느라 늦은 것이다.

"어머, 미노타우로스네."

샨은 살면서 미노타우로스를 본 적이 있긴 했다. 그러나 그냥 먼발치서 본 것이 다였다.

말인즉슨, 이번이 두 번째라는 얘기.

그녀가 봤던 미노타우로스도 폭군이었다. 보이는 모든 걸 쑥대밭으로, 그리고 폐허로 뒤바꾼다.

이를테면 저것은 자연재해나 다름없는 몬스터였다.

저 괴물 소도 괴물 소지만, 가게에 아무도 남아 있지 않다는 사실을 알아차린 동칠은 역정을 내었다.

"다 나오면 어떻게 해? 율카스, 너 돌아가서 가게 봐."

이런 중차대한 일에 자신이 빠지는 게 섭섭했지만, 율카스는 차마 사장님의 말씀을 거역하지 못하고 허리를 숙였다.

"넵."

어차피 있어 봐야 크게 도움이 안 될 게 율카스였다.

특히 사장님을 위한 일이라면 물불 안 가리고 달려드는 게 그인지라 이럴 땐 빠져 있는 편이 나을지도 몰랐다.

괜히 용맹만 믿고 앞장섰다가 밟혀 죽는 수가 있기 때문이다.

율카스가 돌아간 뒤, 동칠은 대책을 떠올리기 위해 고심했다.

그러나 암만 생각해봐도 묘책이라는 게 있을 리 없었다.

그가 염력으로 들어올릴 수 있는 무게는 한계가 있다. 또한 수련을 통한 찌르기를 쓴다고 해도 저 미노타우로스라는 괴물 소는 크게 아파하지도 않을 것 같았다.

저 녀석으로 소고기 탕수육을 만들겠다는 당찬 꿈은 애당초 꾼 적 없었다.

단지 어떻게든 녀석의 진로를 틀어 와룡반점을 비켜 가게 만들어야겠다는 일념뿐이었다.

그 생각이라도 읽은 듯 가르데일이 중얼거렸다.

"우리 모두 힘을 합치면 못할 것도 없지 않겠나?"

소드마스터의 입에서 나온 얘기다. 그럼에도 데몬은 자신감이 없음을 내비쳤다.

"어르신, 저건 미노타우로스입니다."

"나도 알고 있네."

"잡아보신 적이 있으신지?"

"없네."

"그럼?"

데몬이 되묻는 말에 가르데일은 동칠을 바라보았다.

'동칠, 자네라면 방법이 있을 것이라 믿네.'

딱히 목숨 걸 일이 아니었다.

물론 가르데일 제 몸 하나 간수하는 것쯤이야 무엇이 어렵겠는가.

문제는 와룡반점이 무너지는 것이다.

그것을 방지하고자 의사를 꺼냈고, 동칠이 움직여 주기를 바랐다.

그런 가르데일의 시선을 느꼈는지 동칠도 생각하는 바를 얘기했다.

"일단 진토라도 틀어봐야겠습니다."

가르데일에 이어 동칠까지 나섰다. 종업원들도 도울 것이다.

하지만 데몬은 여전히 불안함을 떨칠 수 없었다.

"검으로는 찰과상밖에 입히지 못할 것이오. 어지간한 마법은 먹히지도 않소이다. 어르신의 오러 블레이드라 해도 놈에게 치명적인 상처를 입히기는 어려울 겁니다."

그 말이 가르데일의 자존심을 건드렸다.

"빠져 있게."

"네?"

"빠져 있으라고 하였네. 저놈은 내가 잡을 테니."

만천하가 떠받드는 게 소드마스터다.

작금, 가르데일은 데몬이 검술의 힘을 무시하는 듯해 화가 나 있었다.

그의 걱정을 자신뿐만 아니라 검술의 길을 걷는 모든 이들을 무시하는 언사로 받아들였던 것이다.

데몬은 그저 가르데일을 위해 한 말이었다.

모두 다 안전하자고 하는 말에 역정을 부리는 그가 못내 섭섭하기만 했다.

아무리 와룡반점이 중요하다고 해도 지인들 목숨보다 소중하겠느냐는 말이다.

그래도 또 깊게 생각해보니 자신이 그의 자존심을 상하게 한 것도 같아 데몬은 오해를 풀고자 했다.

"어르신, 어르신을 폄하하려던 뜻이 아니었습니다. 세상 어느 누가 소드마스터의 힘을 무시하겠습니까? 개인 대 개인, 개인 대 단체, 나아가서는 한 왕국이 벌벌 떨 힘인데 말입니다."

치켜세워주고 평소와는 다르게 공손한 자세로 나가니 가르데일의 뒤틀린 심사도 제자리를 찾아가는 듯했다.

그러나 이어지는 말이 문제였다.

"그래도 저놈은 미노타우로스입니다. 어르신께서 정 잡으시겠다면 제가 교단에서 뛰어난 흑마법사 분을 모셔 오겠습니다."

식으려던 불에 기름이 부어진 것이나 다름없었다.

잠시 가라앉으려던 가르데일의 노여움은 다시금 불같이 일어났다.

"집어치우게! 내 어떤 무위를 지니고 있는지 이 자리에서 똑똑히 보여 주겠네!"

착오에서 비롯된 일이었다.

백마법보다 강력함을 자랑하는 게 흑마법이다.

　데몬은 교단 내 7서클의 강력한 공격 마법을 연성한 흑마법사를 알고 있었고, 그를 데리고 와 가르데일과 호흡을 맞춘다면 저놈을 쓰러뜨리는 일도 가능하리라 여겼다.

　그래서 꺼낸 제안이었는데, 그것이 가르데일의 불같은 성미를 이끌어내고 말았다.

　데몬이 아는 흑마법사가 자신보다 더 대단하다고 하는 걸로 가르데일은 오해했던 것이다.

　사태를 수습하려 데몬은 그의 소맷자락까지 붙들고 허둥대며 말했다.

"오해입니다, 오해."

"듣기 싫네 오해는 무슨 오해!"

　가르데일은 그런 데몬의 손을 뿌리치고 가만히 있던 동칠까지 걸고넘어졌다.

"동칠, 자네도 나서지 말아주게!"

　자신의 능력을 보여 주기 위해, 그리고 검술의 위대함을 알리기 위해 혼자서 하겠다는 것이다.

　오랫동안 마법과 검술은 공존하면서도 서로의 대단함을 앞세우려 했다.

　가르데일도 그 범주에서 벗어나지 못했던 탓이다.

　방향만 돌려 줘도 동칠은 고마울 따름이라 감동한 눈으로 고개를 끄덕였다.

자연재해 미노트-우로스 • 223

하지만 밤이었고, 감정이 흩어진 상태여서 그런지 가르데일은 동칠의 그런 표정을 잘 살피지 못했다.
그는 돌아서서 적갈색의 줄무늬가 있는 보검 자르도닉스를 빼어들고 미노타우로스를 쏘아보았다.
'네 아무리 거대하다 해도 한낱 미물에 불과한 것을……'
주인의 뜻을 알아듣기라도 하는 듯 자르도닉스가 달빛을 반사했다.
대기만 해도 손가락이 잘려 나갈 보검이다.
하물며 그 주인이 소드마스터 가르데일 공이니 위협도 이런 위협이 없었다.
하지만 자르도닉스를 든 가르데일에게 미노타우로스는 관심이 없었다.
그냥 꼬리로 엉덩이를 때리며 한 번 더 울었을 뿐.
음머~!
작게 벌린 입이지만 사람 하나쯤은 꿀꺽 삼킬 수 있을 듯 보였다.
그러나 이미 큰소리를 쳐 놓았다.
처음 상대하는 것이지만, 미노타우로스와 사생결단을 내는 걸 두려워하지 않고서 가르데일은 최초의 한 발을 내디뎠다.
두 발, 세 발…
점점 속도가 빨라지기 시작하더니, 그는 급기야 어둠 속에

선 눈으로 따라잡기 힘들 정도의 빠르기로 달려갔다.

동칠과 데몬이야 어땠을지 몰라도 판테스 같은 종업원들에게는 무척이나 설레는 광경이 아닐 수 없었다.

이제 가르데일 공이 지닌 무력이 여실히 드러날 것이었기 때문이다.

이윽고 가르데일이 미노타우로스와 인접한 곳에 다다라 뛰어오르는 순간, 순백색의 광채가 어둠 속을 밝혔다.

가르데일의 체내에 축적된 방대한 양의 마나가 손을 통해, 그리고 검을 통해 유형화된 오러 블레이드로 그 모습을 드러냈음이다.

그렇잖아도 긴 검에서 오러 블레이드가 솟아나니 검신의 총 길이가 1미터 50센티미터에 육박했다.

자르도닉스를 든 가르데일의 어깨가 한껏 틀어져 있다. 닿는 부위를 베어버릴 심산인 것이다.

그러나 미노타우로스는 괜히 자연재해란 수식어가 붙은 게 아니었다.

무언가 날아오고 있다는 걸 깨닫고 배를 뒤로 휙 내뺐고, 공격이 무위로 돌아감에 목표물을 잃고 한참을 솟구치던 가르데일은 땅으로 내려앉지 않고 인근의 나뭇가지 위에 착지했다.

이어 가르데일은 위쪽의 나뭇가지들을 밟고 높이, 더 높이 솟구쳤다. 덕분에 그는 미노타우로스와 어깨를 나란히 할 수 있게 되었다.

 미노타우로스도 적을 감지했는지 오러 블레이드를 머금은 자르도닉스를 들고 있는 가르데일을 그 큰 눈에 담았다.

 음머~?

 '머'는 고음이었다.

 녀석은 긴 빛을 들고 있는 콧구멍만 한 인간이 궁금했던 것이다.

 놈이 꼭 자신을 벌레 보는 듯하여 가르데일은 이맛살을 구겼다.

 "어디 미물 따위가……."

 지금 올라서 있는 나뭇가지가 얇아 무리하게 체중을 실으면 꼭 부러질 것 같았는지, 그는 나무 기둥을 박차고 미노타우로스의 거대한 머리를 향해 수직으로 튕겨 나갔다.

 이를 자이언트 모스키토(Giant Mosquito)쯤으로 오인한 미노타우로스는 놀라 뒤로 머리를 뺐었는데, 그와 맞물려 가르데일의 자르도닉스가 반원을 그렸다.

 취악!

 오러 블레이드가 미노타우로스의 턱을 찢었다.

 갈라진 가죽에서 녀석의 피가 쏟아져 나왔지만, 땅에 착지한 가르데일은 경각심만 곤두섰다.

 '결코 둔하지 않다!'

 그뿐이 아니었다.

손에 힘이 들어간 정도로 보아 놈의 가죽은 여느 몬스터의 가죽에 비할 바 없이 두껍고 질기다.

순간, 판테스에게서 경고성이 터졌다.

"어르신!"

하찮은 인간이 자신의 턱을 찢은 데 분개한 미노타우로스가 그 거대한 삼지창을 내리누르고 있음이었다.

가르데일이 땅을 박차고 대각선으로 뛰면서 판테스를 노려보고는 소리쳤다.

"쓸데없는 참견!"

거대한 삼지창이 땅을 찍음과 동시에 파편들이 사방으로 튀겼다.

피하긴 했지만, 3개의 구덩이가 만들어진 것을 본 가르데일은 간담이 서늘해짐을 느꼈다.

'괴물은 괴물이로구나.'

가르데일과 미노타우로스의 대결을 보면서 동칠을 비롯한 와룡반점의 식구들은 전부 조마조마해했다.

그의 무공은 확실히 놀라운 것이기는 했지만, 워낙 거대한 상대와 싸움으로 인해 별로 돋보이지 않았다.

오히려 한 번 움직일 때마다 무시무시한 미노타우로스가 눈에 띄었을 뿐이다.

놈이 움직일 때마다 지진이라도 난 것처럼 땅이 들썩들썩거리니 동칠과 데몬, 판테스들은 나무를 잡지 않고는 서 있는 게 불가했다.

"저러다 가르데일 아저씨 죽는 거 아니에요?"

사뭇 진지하게 묻는 샨에게 누구도 대답하지 못했다.

미노타우로스는 그 움직임이 제한된 데 반해 가르데일은 엄청난 거리를 도약하고 뛰어오르며 움직인다.

아무리 그가 소드마스터라 해도 오러 블레이드까지 끌어낸 채 저렇게 무리한 움직임을 계속하면 머잖아 체력의 한계가 찾아올 것이다.

데몬이 걱정하는 바도 그 부분이었다.

미운 정도 정이라, 데몬은 작심한 듯 낮게 입을 열었다.

"동칠, 종업원들을 데리고 제게서 떨어지십시오."

꼭 죽기를 각오한 사람처럼 말한다. 동칠이 묻기도 전에 종업원들이 아우성을 쳤다.

"데몬 님, 무슨 말씀을 하시는 건지?"

"저희도 돕게 해주십시오. 이럴 때 남일 수는 없잖습니까!"

"저희의 일입니다!"

샨도 부탁의 눈을 하고 데몬을 보았지만, 데몬은 모두의 말과 시선을 애써 외면했다.

그는 동칠만을 보았을 뿐이다.

"처음이자 마지막으로 하는 부탁입니다."

동칠이 이렇다 할 결정을 내리지 못하는 사이에도 땅은 흔들렸다.

 가르데일의 움직임이 처음에 비해 조금 더뎌진 듯한 착각도 들었다.

 동칠은 식객들이 다치는 걸 원치 않았다. 종업원들이 다치는 것도 원치 않았다.

 그렇다고 무지막지한 저 소를 잡겠다는 욕심이 생긴 것도 아니었다.

 단지 와룡관점이 지금처럼 무사하기만을 바랄 뿐이다.

 가르데일의 저 날랜 움직임이라면 미노타우로스의 시선을 끌고 방향을 돌릴 수도 있었을 것이다.

 그러나 지금에 와서는 무리한 일일 수도 있다. 그는 이미 지쳐 있는 듯했기 때문이다.

 동칠의 생각이 길어지자 데몬이 채근했다.

 "동칠, 당신이 망설이면 당신의 친구 가르데일 공이 죽게 됩니다. 서둘러주십시오."

 친구는 가르데일 공만이 아니다. 동칠은 데몬도 좋은 친구라고 생각했다.

 자신의 입장에서는 둘 모두 버릴 수 없었다.

 그러나 점점 차가워지는 데몬의 눈초리를 이기지 못하고 우선 동칠은 종업원들을 대피시키고자 했다.

 "여기서 덜어져라. 저 녀석의 눈에 뜨이지 않을 곳으로 가."

그 결정이 이행 못할 것이었는지 종업원들이 한목소리로 항의했다.

"사, 사장님!"

"가라면 가!"

종업원들은 움츠러들었지만 끝끝내 명령을 따르지는 않았다.

샨을 제외한 판테스와 보덴, 하만은 그 자리에서 무릎을 꿇었다.

"차라리 저희를 여기서 죽여주십시오."

순간, 동칠은 참으로 멋없는 행동을 했다.

데몬과 떨어진 거리로 달려가 종업원들에게 의아할 소리를 내뱉은 것이다.

"그럼 거기서 죽든가."

또 데몬보다는 사장님이 우선이었던지 샨을 포함한 종업원들은 동칠에게로 우르르 달려갔다.

그에 데몬이 씁쓸하게 웃으며 흑마법 캐스팅을 시작했다.

'이 흑마법이 시전되면 저놈은 내게 달려올 겁니다, 가르데일 공. 그러나 내가 벌어줄 수 있는 시간은 그 정도뿐입니다. 그때를 놓치고 지금처럼 호기를 부리다간 당신도 죽게 될 것입니다. 부디 살아나면 쓸데없는 자존심은 버리시길……'

데몬의 입술이 분주하게 움직였고, 그의 머리 위와 양옆의 공간으로 3개의 검은 눈이 깨어났다.

그럼에도 영창은 계속되었다.

"데몬 카이샬 에브라합(검은 기운으로 물들지니)……."

장장 5분여의 영창 끝에, 검붉은 핏발이 곤두선 3개의 검은 눈에서 암흑의 기운들이 퍼져 나왔다.

그리고 안개처럼 스멀거리던 암흑의 기운은 곧 하나로 합쳐지며 한 개의 구를 형성했다.

흑마법사들은 이 마법을 마계에서 소환한 유성이라 하여 다크 메테오(Dark Meteor)라는 이름을 붙였다.

직경 20센티미터에 불과한 구체이지만, 그 안엔 어지간한 건물은 형체도 남기지 않을 만큼의 가공할 폭발력이 담겨 있다.

데몬은 기회를 엿보고 있었다.

이 한 방으로 녀석이 쓰러진다면 좋겠지만, 그렇지 않을 공산이 크다.

'그래서 교단에서 사람을 부른다 했거늘…….'

분명 이것은 미노타우로스에게 어마어마한 피해를 입힐 것이다.

그러나 화를 돋우는 역작용도 일어날 터였다.

데몬은 그게 심히도 걱정스러웠다.

'심장을 맞추면 좋겠지만, 이 다크 메테오는 다른 마법에 비해 정확도가 떨어진다. 녀석의 가슴 부위에나 맞으면 다

행이겠지.'

 그 찰나 공중에 뜬 가르데일의 오러 블레이드와 미노타우로스의 삼지창이 맞부딪치며, 어마어마한 힘을 감당하지 못한 가르데일이 쾌속으로 튕겨져 나갔다.

 '이때다!'

 데몬은 흑마법의 마지막 구절을 읊었다.

 이윽고 공기를 차단했던 보호막이 깨어져 나가며, 데몬이 만든 암흑의 구는 이글거리는 검은 불덩이가 되어 미노타우로스를 향해 날아갔다.

 화르르륵.

 쿠왕!

 미노타우로스를 중심으로 거대한 폭발이 일어나고, 삽시에 주변이 불길에 휩싸였다.

 초목이 타오르며 매운 연기가 하늘 높은 줄 모르고 피어오른다.

 덕분에 온도가 순식간에 상승했다.

 제대로 터졌다는 느낌에 데몬은 화마에서 달아날 생각도 않고 검은 연기로 뒤덮인 폭발의 근원지를 응시했다.

 연기 속 미노타우로스의 그림자가 보인다.

 '죽었구나. 움직이지 않는다.'

 꼼짝 않는 녀석을 보며 데몬은 그렇게 믿었다.

 너무 무리한 마법을 펼쳤던 탓에 몸이 말이 아니었다.

잠시 이대로 쉬어야겠다고 생각할 무렵, 그의 믿음이 오판이었다는 걸 일깨워주듯 충격에 주저앉아 있던 미노타우로스가 불길 속에서 그 거대한 몸을 일으켰다.

음머~!!

털과 함께 가죽이 타오르고 있음에도 미노타우로스는 데몬을 향해 한 발 내디뎠다.

쿵!

방금의 한 방으로 기력을 쇠진한 터라, 데몬은 땅이 흔들림에 균형을 잃으며 그대로 꼬꾸라졌다.

'끝이구나……'

어쩌다 자신이 이런 처지에 놓이게 되었는지 우스웠다.

흑마법을 배우게 된 동기도 사람이 싫어서였고, 이후로도 같은 흑마법사들을 제외하고는 사람을 잘 믿으려 하지 않았다.

더불어 세상 역시 흑마법사들을 사악한 무리들이라 칭하며 냉대했다.

그랬던 자신이 저 잘난 맛에 사는 소드마스터 때문에 죽게 되었으니 어찌 우습지 않을까?

지금도 땅이 들썩이는 상황이다. 미노타우로스와 자신과의 거리가 가까워진다는 얘기다.

마지막을 앞두고 데몬은 광소를 터트렸다.

"하하하하. 하하하하하!"

자연재해 미노타우로스 • 233

이제 밟혀 죽거나 삼지창에 찍혀 터지는 일만 남았다.
정말 나쁜 사람은 동칠이었다.
음식 맛으로 교묘히 사람을 유혹하고, 그 천성으로 자신을 꼬드겼다.
천진난만함으로 도움을 요청했고, 조개를 구한 이후에는 마법인지 검술인지 모를 이상한 힘으로 자신을 옴짝달싹 못하게 포획했다.
그도 욕심이 있는 인간인지라 그 이상한 힘을 알고 싶고 배우고 싶었던 것이다.
남들은 꺼리는 흑마법사를 거리감 없이 대해주었으니 그 종업원들도 한몫을 한 셈이었다.
무엇보다 고스톱이라는 게 가장 문제였다.
고스톱만 없었다면 가르데일과 이렇게 친해지지도 않았을 테니 말이다.
매일 잡아먹지 못해 안달이 나던 그가 뭐가 좋았기에 이리 미련한 짓을 행한 걸까?
그래도 데몬은 죽으면 웃을 것이었다.
유령이 되어 당신들도 빨리 죽어서 곁으로 오라고 꼬드길 것이었다.
옷에 살짝 불이 붙었다.
곧 죽을 사람인데, 또 타죽기는 싫었는지 데몬은 손으로 두들겨 가며 그 불을 껐다.

'그래도 엎드려 도망치지는 않겠다. 나한테도 자존심이라는 게 있으니까.'

하나, 꺼진 불도 다시 보라는 말을 데몬은 몰랐던 모양이다.

그 잠깐의 생각이 데몬의 옷에 다시금 불길이 붙게 하는 빌미를 제공했다.

"제기랄."

쿵!

미노타우로스가 지근거리에 다다랐는지 땅이 더 심하게 들썩거렸고, 데몬은 다시 옮겨 붙은 불을 끄지도 못하고 앉은 채로 바닥에 누웠다

그에 더 많은 불씨가 그의 옷으로 달라붙자 짜증이 난 그는 억하심정에 소리쳤다.

"불 좀 끄자, 인마!"

미노타우로스가 두 발만 내디디면 어김없이 밟을 거리였다.

결국 데몬은 불 끄는 것도 포기하고는 운명을 직감한 채 말귀도 못 알아들을 미노타우로스에게 쌍소리를 내뱉었다.

"썩을 놈, 너 더러워서!"

바로 그 순간이었다.

데몬의 옷에 들러붙은 불씨들이 한곳으로 쏠려 갔다. 그것은 마치 바람이 훔쳐 간 것처럼 보였다.

자연재해 미노타우로스 • 235

주변의 불길이 원을 그리며 한 점으로 날아가고 있었다.

그 불길의 중심에 금빛의 기광을 뿌리며 크게 손을 휘젓는 한 남자가 있었는데, 주변의 불길은 모조리 그의 손을 따라 움직였다.

그 대상을 데몬은 능히 알아볼 수 있었다.

"도, 동칠?"

동칠이 불가사의한 사람이라는 걸 알고는 있었지만, 지금 보여 주는 놀라움은 과거에 비교할 게 못 되었다.

정말이지 데몬은 입에 거품이라도 물 지경이었다.

'내가 허상을 목격하고 있는 건가?'

휘도는 불길에 놀랐는지 미노타우로스도 더 이상 나아가는 걸 그만둔 채 그 광경에 눈이 팔려 있었다.

음머~억?

그사이 데몬의 몸이 허공으로 붕 떴다.

'하늘을 난다?'

이상한 현상이 계속되어서 데몬은 잠시 자신이 '꿈을 꾸고 있구나.'라고 생각했다.

그러나 이 또한 아니었다.

자신의 몸이 뜬 이유는 백발이 성성한 가르데일이 안고 뛰어오른 까닭이었다.

그리고 두 사람이 착지했을 땐, 거대한 불 바람이 미노타우로스를 덮치고 있었다.

몸을 떠안고 치도는 불길을 미노타우로스는 차마 감당할 수 없었다.

떨쳐 낸 불의 파편들이 또다시 뭉쳐 몸을 휘감았고, 그런 일이 반복이 되니 고통 속에 전신이 타들어갔다.

화르르르륵!

그리고 점차 불길도 잦아들었다.

 죽은 줄 알았던 칼이 돌아왔다.
 아말렌과 신도들은 넝마가 된 옷을 입고 며칠을 굶었는지 홀쭉해진 칼을 무척이나 반겼다.
 "올 줄 알았어. 너라도 돌아왔으니 다행이야."
 그간 슬픔에 겨웠는지 눈가에 맺힌 이슬을 닦는 아말렌.
 칼은 의구심을 지울 수 없었다.
 "'나라도' 라니? 뭇 돌아온 신도라도?"
 "너 말고도 렌이 오지 않았어."
 렌은 칼과 함께 장을 보러 나갔던 신도였다.
 '무슨 변고를 당했기에?'
 칼의 얼굴이 온통 침울해졌다.

이를 위로라도 하듯 다른 신도가 힘을 내 입을 열었다.
"총무님도 오셨으니 그도 돌아올 겁니다. 믿음을 가지고 더 기다립시다."
사람 형편이라는 게 수천수만 가지가 있을 수 있다.
칼 또한 그 많은 형편 중 하나에 처했지만, 이렇게 살아 돌아온 것이다.
신도들이 자신을 믿고 기다려 주었듯 칼도 그러리라 마음을 먹었다.
렌이 오지 않은 것에 충분한 마음고생을 했다는 듯, 신도들은 어렵지 않게 그 감정을 벗어버리고 우선 살아 돌아온 칼을 반기기 바빴다.
표현 방법은 각양각색이었다.
"칼 님이 없어 의욕 부진이었습니다."
"아니, 이제 오시면 어쩌십니까?"
"어디 다친 데는 없으신지……."
비록 초췌한 몰골이었지만 칼은 그 안면에 웃음을 한가득 머금고 있었다.
"하하하, 하나씩 물어보시오. 내 늦게 와서 미안하긴 합니다. 재수 없게 이상한 길로 들어서서 낭떠러지에서 그만 떨어졌다오."
"낭떠러지?"
신도들은 저마다 놀란 눈으로 서로를 바라볼 뿐이었다.

그에 칼은 별일 아니라는 듯이 말을 이어나갔다.

"다행히 물에 빠졌다오. 물론 그 충격으로… 윽……."

다이빙 선수가 아니고서야 천 길 낭떠러지에서 물에 빠졌는데 멀쩡할 순 없었다.

칼도 운이 좋지 물로 떨어지긴 했지만, 그 여파로 어깨가 찢어졌고, 옷을 찢어 상처를 대충이나마 손본 상태였다.

험하게 일그러진 칼의 얼굴을 보며 신도들은 꼭 자신들의 일처럼 가슴 아파했다.

"어디가 아프시오?"

차마 자신을 안타까이 보는 신도들의 시선을 못 받아주겠던지 칼은 아픈 걸 무릅쓰고 억지로 웃었다.

"별일 아니오. 어깨가 살짝 찢긴 것뿐……."

아말렌은 심각한 표정으로 칼에게 다가와 그의 옷을 확 잡아 늘어뜨렸다.

그리고 그 즉시 그녀는 이맛살을 찌푸렸다. 상처가 심해 뼈가 다 드러나 보일 지경이었기 때문이다.

그걸 보는 신도들에게서 안타까움의 탄성이 터졌다.

"아!"

부담을 주기 싫었는지도 모른다. 칼은 익살맞게 너스레를 떨었다.

"교주님께서 이렇듯 신도들의 옷을 함부로 벗기셔서야……."

"그게 문제가 아니잖아!"

그녀 입장에서는 성깔을 안 부릴 수가 없었다. 만약 상처가 악화될 시에는 한 팔을 못 쓰게 될 수도 있다는 게 그녀의 생각이었기 때문이다.

괜히 무거워진 분위기가 싫어 칼은 고개를 떨어뜨렸다.

그 순간, 한 신도가 다른 신도들 틈바구니에서 어물쩍거리며 나와 부끄러운 손을 내밀었다.

"이거 바르세요."

신도들 가운데 가장 나이가 어린 소년이었다.

숙인 눈으로 소년 신도가 내민 하늘색 포션이 들어왔다. 칼은 그것이 뭔지 몰라 물었다.

"그게 무엇이오?"

"회복 포션이에요."

소년 신도의 수줍은 대답에 신도들은 눈을 치뜨고 웅성거렸다.

"저 비싼 걸!"

보통 회복 포션은 마법 왕국 베르돈스에서 제조한다.

그리고 그 종류가 몇 가지로 나뉘는데, 그중 하늘색 회복 포션의 효능이 가장 뛰어나다고 알려져 있었다.

자연히 저 병에 안에 든 액체는 어지간한 돈으로는 구입할 수 없는 고가의 물건인 것이다.

차라리 신전을 찾아가서 사제에게 부탁하는 게 싸게 먹히리라.

아말렌은 소년 신도가 매우 고마웠다.

그 성의를 받아들여 포션의 마개를 열었지만, 아까운 건 아는지 칼의 상처 부위에 조금만 부어 발랐다.

그러자 포션을 바른 부위에서 연기가 피어오르나 싶더니 어느새 빠른 속도로 새살이 돋기 시작했다. 말 그대로 회복을 도우는 것이다.

신도들의 입에서 탄성이 터졌다.

"오오!"

아말렌은 기뻤고, 칼도 기뻤다.

그들은 소년 신도에게 감사의 눈인사를 보냈다.

그리고 남은 포션을 아말렌이 돌려주려 했으나 소년 신도는 손을 저으며 거절했다.

"교주님이 가지고 계셨으면 좋겠습니다. 다치는 분들이 생기면……."

비록 뒷말도 제대로 못 맺는 소년 신도가 나약해 보이기는 했지만, 신도들은 그 마음을 한목소리로 칭찬했다.

"저 신도의 마음이 참으로 아름답소이다."

기어코 한 신도가 눈물까지 흘렸다.

"훌쩍."

그 눈물이 다른 신도들에게는 의아하기만 했다.

"아니, 왜 우오? 울 일까지는 아닌 듯한데."

"눈이 매워서……."

한 신도가 그를 이해하겠다는 듯 입을 열었다.

"그러고 보니 나도 목이 좀 칼칼하고 눈이 따가운 듯하오."

그들만의 느낌은 아니었다. 은연중에 신도들 전부가 느끼고 있던 부분이었으므로.

칼은 그제야 제 잘못을 깨우치고 멀찌감치 둔 자루를 가져왔다.

"하하, 내 정신 좀 보게. 이걸 잊었군."

자루의 윗부분을 얇은 끈으로 질끈 묶었다지만 그 냄새가 어디 갈 리 없었다.

끈을 풀자 초록과 빨강의 원뿔 모양을 한 요상한 채소들이 보였다.

칼은 그것을 신도들에게 하나씩 나눠줬다.

아말렌도 그것을 받아들고 뚫어지게 쳐다보며 궁금증을 드러냈다.

"이건 뭐지?"

곧이어 칼은 아말렌을 비롯한 신도들에게 자초지종을 털어놓았다.

물에 빠져 정신을 잃었던 그가 눈을 떴을 때는 뭍이었다. 그리고 돌아오기 위해 떠돌던 중 인적이 드문 곳에서 발견한 것이 이것들이었다.

작물을 본 게 무척이나 오랜만이어서 칼은 그거라도 키워

보자는 심정으로 마침 물에 떠내려온 자루를 털어 저것들을 담아왔다는 사연이었다.

윗부분에는 채소들이었지만 아랫부분에는 뿌리째 뽑아온 것도 있었다.

여건만 된다면 이것들은 이 밭에서도 자라날 수 있을 터였다.

그가 가져온 건 바로 고추였다.

❋   ❋   ❋

미노타우로스를 잡은 지금, 할 일은 엄청 많았으나 동칠은 차마 문을 닫을 수 없었다.

어제도 날을 꼬박 샜다.

까맣게 탄 가죽을 벗긴 미노타우로스는 그냥 소고기였다.

해체 작업은 가르데일이 해주었는데, 문제는 저장고였다. 그에서 얻어지는 고기를 넣을 만한 창고가 없는 것이다.

하는 수 없이 동칠은 30여 명이나 되는 인부들을 고용해, 와룡반점과 멀지 않은 곳에 지금의 저장고보다 큰 제2저장고를 만들도록 지시했다.

인부들 품삯이 문제가 아니었다.

향후 놈이 남긴 소고기가 엄청난 이윤을 창출해줄 것이므로.

칼이 가져온 것 • 247

1만 인분, 아니 10만 인분이 나올는지도 모른다.

기쁘긴 했지만 동칠은 매우 피곤했다.

늑장을 부렸다가는 저 많은 고기들을 버리게 된다는 생각에 그는 자는 시간도 쪼개가며 일이 끝나는 대로 현장을 찾았고, 그 때문에 요 며칠 통 잠을 이루지 못한 것이다.

종업원들도 물심양면으로 일을 도왔다.

샨은 매일 2교대 인부들의 품삯을 그 자리에서 내주었는데, 손에서 돈이 빠져나갈 때마다 속이 쓰렸다.

해체 작업과 저장고 만드는 일이 진행되는 동안은 데몬이 와룡반점을 지키는 처지로 몰락했다.

그러나 그는 툴툴대지 않았다. 아니, 오히려 그 시간을 기다렸다.

사람들이 다 빠져나간 때를 틈타 그는 몰래 동칠의 방으로 잠입, 그 힘의 단서가 될 만한 것들을 찾아나갔다.

동칠의 방에는 신기한 것들이 매우 많았지만, 마법에 관련된 서적은 찾을 수 없었다. 또한 검술 교본도 보이지 않았다.

알 수 없는 단어들이 들어찬 책들이 있기는 했지만, 데몬이 해석하기에 불가한 것들이었다.

이상한 그림책도 있었다.

결국 3일 동안 아무것도 찾지 못한 데몬은 그 그림책에 빠져들었다.

"킥킥."

만화책이라는 걸 들고, 두루뭉슬한 칸 안에 들어간 말도 모르면서 그게 그렇게 재밌는지 데몬은 웃기 바빴다.

그냥 그림만으로도 재미있나 보다.

그때, 불현듯 데몬의 귀로 알람 소리가 들렸다.

디딩.

알람 마법을 펼쳐 둔 공간 안에 누가 들어왔음이다.

데몬은 황급히 책을 제자리에 놓고서 흔적을 지운 후 서둘러 동칠의 방을 빠져나갔다.

그가 있어야 할 곳은 카운터다.

카운터로 돌아간 지 얼마 지나지 않아 투덜거리는 샨의 목소리가 들려왔다.

"왜 자꾸 돈을 더 달라 그래. 짜증나."

데몬은 아무 일도 없었다는 듯 말을 섞었다.

"인부들?"

"네, 오늘이 마지막이라고 더 달래요. 열심히 했다고."

"사장님은 뭐라고 하는데?"

"금고에서 빼와서 더 주래요. 고생하셨다면서."

"그래? 일 다 끝난 거야?"

"아뇨, 조금 더 해야 돼요. 자기 일 마친 사람들만 돌아가는 거죠."

그녀가 돌아서기 바쁘게 데몬은 싱긋 웃었다. 아직 시간이 남아 있다는 소리가 아닌가.

 그녀가 돈을 찾아 알람 마법을 펼쳐 둔 거리 밖으로 나갔음을 확인한 데몬은 다시 부랴부랴 동칠의 방으로 들어갔다.

 문도 잠그지 않은 건 알람 마법을 철석같이 믿었던 탓이다.

 마저 못 본 책을 다 본 후 데몬은 다른 책을 찾았다.

 그러다 옷장 아래 빠끔히 모서리만 나온 붉은색 책자를 발견했다.

 "엇, 저건 뭐지?"

 손끝으로 살금살금 당기자 책자의 모습이 조금씩 보이기 시작한다.

 데몬은 기대에 부풀었다.

 "이번엔 또 무슨 그림책이려나……."

 그러나 막상 그 겉표지가 드러났을 때, 데몬은 화들짝 놀라 엉덩방아를 찧었다.

 "허걱!"

 놀라는 게 무리도 아니었다.

 웬 처자가 상반신을 홀러덩 벗고 야시시한 포즈로 자신을 보고 있었기 때문이다.

 '먼데이 서울'이라는 그 책은 19세 미만 구독 불가였다.

 19세는 당연히 넘었지만, 데몬은 저런 걸 처음 접하는지라 충격에 휩싸여 버렸다.
 "대… 대체… 등칠, 당신……."
 모호한 지적이었다.
 어떻게 저런 걸 가지고 있냐는 얘기가 되는 동시에 왜 저런 것을 보냐는 뜻도 된다.
 그러나 데몬도 남자!
 그는 덜덜덜 떨면서 책자를 집었다.
 파라락.
 각 장마다 서로 다른 여인들이 반 나신으로 뇌쇄적인 포즈를 취하고 있다.
 여인들을 보는 데몬의 반응이 차례로 나타났다.
 우선 얼굴이 빨개졌다.
 그리곤 머릿속이 멍해졌다.
 다음으로 호흡이 가빠졌다.
 이제는 피가 거꾸로 솟는지 코로 연신 뜨거운 김이 뿜어졌다.
 급기야…….
 디딩.
 누군가 또다시 알람 마법 안으로 들어왔다는 신호가 울렸다.
 그러나 한 번이 아니었다.
 디딩.

칼이 가져온 것 • 251

또 울린다. 그리고 또…

여러 사람이 이곳으로 향하는 듯하다.

혹여 훔쳐보았다는 걸 들키면 낭패!

죄가 큰 나머지(?) 마음이 여느 때와 다르게 조급해졌다. 그에 책자를 접긴 했지만 앞장이 어디였는지를 잊어버렸다.

앞장과 뒷장 모두 빨간 표지였고, 여러 여인을 보다 보니 제일 처음 자신을 반겨 주었던(?) 여인이 누구인지를 까먹어버린 것이다.

뒤집어놓는다면 동칠이 누군가 방에 들어왔음을 알아챌 수도 있다.

요 며칠 카운터에 남아 있던 건 데몬 자신뿐이었으니, 곧장 의심할 것이다.

데몬은 지금 인생 최대의 위기를 맞고 있었다.

그렇다고 이 방에서 더 시간을 끌 수도 없는 노릇이었다.

카운터가 비어 있다면 당장 자신을 찾을 것이고, 방 안 어딘가에 숨어 있다 할지라도 의심을 사게 될 건 뻔하다.

"에라, 모르겠다."

그는 책자를 아무렇게나 넣고 엉거주춤하게 일어섰다. 그리고는 서둘러 방을 빠져나왔다.

사람들보다 먼저 카운터에 다다르기는 했지만 심장이 달음박질을 쳤다.

'어쩌지? 알아채면? 허락받고 들어간 것도 아닌데……'

곧 동칠이 샨과 인부들을 이끌고 안으로 들어왔다.
"이분들 식사 좀 대접하려고요."
"하하, 아~"
응대는 했지만 데몬의 혈색은 좋지 못했다. 동칠이 예리하게 그걸 꼬집었다.
"어라? 안색이 안 좋아 보이시는데, 어디 아파요?"
"아, 아니요. 아픈 데가 있을 리가……."
말을 더듬고 평소와는 다르게 과장된 몸짓을 하며 수상쩍은 행동을 보이니 의심은 가지만, 동칠은 데몬이 떳떳하지 못한 행위를 할 사람이 아니라는 걸 알았다.
머쓱히 웃고서 손님들을 자리에 안내한 후, 주방으로 향하는 동칠.
그제야 데몬은 한시름을 돌렸다.
'아직 끝난 게 아니다.'
문제는 빨간책이 뒤집혔느냐, 바로 놓아졌느냐다.
뇌리에서 빨간책의 여인이 자꾸만 손짓하는 것 같았다.
'오빠, 나 뒤집혀 있어요.' 라고…….

※　※　※

신도들의 집은 칸막이가 쳐져 있었다.
각자 방이 하나씩 있는, 한국의 고시원 같은 형식으로 지어진 건물이었다.

 아말렌은 칼의 방에 '내가 없을 동안 잘 부탁한다.' 라는 메모를 넣어둔 채 새벽같이 혼자 길을 떠났다.

 동칠교의 신도들을 책임지고 있는 그녀로서는 신도들 한 명 한 명이 소중했다.

 그리고 바로 어제, 그녀는 묘연했던 렌의 행방을 듣게 되었다.

 강압적인 분위기 속에 누군가 그를 데리고 갔다는 것!

 유약한 렌도 그렇지만 아말렌 또한 여자의 몸.

 신도들에게 말도 없이 이런 길을 떠나는 게 미련한 짓일지 몰라도 그녀는 이 길을 선택했다.

 나약한 아녀자에 불과한 자신을 위해 동칠 신이 그 권능을 내려 주시길 간곡히 바랐지만, 그럴 일은 없을 터였다.

 그녀가 봐왔던 동칠 신은 자신들을 위해 흔쾌히 나서주는 분은 아니었으므로.

 잠시나마 그에게 기대려 했던 자신의 모습에 한심함을 느끼고 그녀는 스스로를 꾸짖었다.

 '아말렌, 무슨 생각을 하고 있는 거지? 그분은 정신적인 지주시다. 바랄 걸 바라!'

 어차피 힘이 없는 자신이기에 힘으로서의 사태 해결은 불가했다.

 여기에서 아말렌은 옳지 못한 힘에 동칠 신이 가르쳐 주신

인성으로 대항할 생각을 품었다.
 '그래, 사람됨을 강조하자. 그것밖에 없어……'
 금방이라도 쓰러질 듯한 허름한 폐가.
 렌을 잡아간 사람이 이쪽으로 들어갔다고 들었다.
 두려움이 샘솟았지만 아말렌은 아랫입술을 잘근 깨물고 폐가의 문을 두들겼다.
 똑똑.
 끼이이.
 잠가놓질 않았는지 녹슨 경첩 소리를 내며 스르르 문이 열린다.
 그리고 정면으로 의자에 묶여 있는 렌이 보였다.
 "렌!"
 "교… 교주님……."
 아말렌은 긴 치마를 양손으로 끌어올리고 당장에 달려갔다.
 한발 한발 디딜 때마다 꺼진 바닥이 비명을 질러댔지만, 아래를 살필 여유조차 없었다.
 아말렌은 급한 마음에 재회의 기쁨을 뒤로 미뤄둔 채, 렌이 앉아 있는 의자 뒤로 돌아가 손을 묶은 끈을 풀어주기 시작했다.
 그제야 여유가 생겼다.
 "어떻게 된 거야?"

나직했지만 렌이 충분히 들을 수 있는 목소리였다.

그러나 거기까지여야 했다.

불운하게도 열린 문으로 내리쬐던 햇빛을 가리는 인영까지 그 말을 훔쳐듣고 말았다.

렌에게서 답이 들려오지 않자, 허리를 굽혀 부지런히 매듭을 풀던 아말렌이 재차 물었다.

"왜 대답이 없어?"

"교, 교주님."

렌은 벌써 포기했다.

손을 묶은 끈이 풀어진다 해도 다리를 묶은 끈까지는 풀 수 없을 것이기 때문이다.

아말렌이 의아함에 허리를 펴 살필 무렵, 이미 인영은 그녀의 뒤로 다가와 마취제를 적신 헝겊으로 코와 입을 막아 버렸다.

팔팔한 동물도 쓰러뜨리는 마취제를 감당할 정도로 특별한 힘이 있는 그녀가 아니었다.

아말렌은 점차 정신이 혼미해지는 것을 느끼며 저항하던 손을 축 떨어뜨렸다.

멀어지는 의식 사이로 남자의 목소리가 스쳤다.

"이거, 하나씩 엮여 드는군."

❇   ❇   ❇

동칠은 뭔가 이상하다는 기분이 들었다.

장롱 아래의 '먼데이 서울'이 꼭 뒤집혀 있는 듯한 기분도 들고, 방 안에서 자신의 체취가 아닌 다른 사람의 체취가 풍기는 것도 같았다.

평소 자신의 방을 허용해주었다면 몰라도, 안에서 무엇을 꺼내오라는 심부름을 맡았던 종업원들 외에는 특별히 들어온 사람이 없었다.

그리고 보니 만화책도 좀 삐딱하게 쌓여진 것 같다.

'흐음…….'

여태 종업원들은 허락 없이 자신의 방에 들어오지 않았고, 다른 물건들에 일체 손도 대지 않았었다.

그러니 더 의아한 것이다.

"착각이겠지."

의심하면 한도 끝도 없을 것 같아 동칠은 그렇게 생각하고 말아버렸다.

솔직히 방 안 이곳저곳에 분산해 숨겨 놓은 '먼데이 서울' 같은 잡지들만 제하고는 동칠의 사생활은 매우 깨끗했다.

자고로 남자란 충동의 동물이다.

그가 여태 이 세상의 여인들에게 눈독을 들이거나 침을 흘리지 않은 이유도 다 성인 잡지들의 도움이 있어서였다.

그러하니 샨 같은 예쁜 여종업원에게도 추파를 던지지 않았고, 손님들에게서도 와룡반점의 사장님은 매우 신사라는 평을 들을 수 있었다.

불쑥 밖에서 율카스가 기별을 전했다.

"사장님, 손님들 찾아오셨습니다."

"그래, 곧 나간다."

"넵."

동칠은 거울 앞에서 옷매무새를 가다듬고 분무기를 뿌려 대충 머리를 손질한 후, 문을 열고 홀로 향했다.

외모를 정갈히 하는 건 손님에 대한 동칠의 기본적인 예우였다.

홀에는 파르켈 용병단장 베른과 헬룸 여행자 길드의 길드장 파논, 알타 상인 길드의 초대 회장 바르돈, 아첸 대장장이 길드의 길드장 아첸 등이 앉아 있었다.

네 사람은 동칠이 오는 걸 무척이나 반겼다.

"하하! 오랜만입니다."

호탕하게 동칠의 어깨를 붙들고 반기는 베른을 제외한 세 사람은 겸허하게 고개를 숙여 보이며 동칠을 대하길 지주 대하는 듯 행동을 깍듯이 했다.

동칠이 환해진 표정으로 자리에 앉자 그들도 따라 앉았다.

가장 먼저 말을 꺼낸 사람은 헬룸 여행자 길드의 길드장 파논이었다.

"동칠, 치안을 강화하려 하신다고 들었습니다."

"예."

알타 상인 길드의 초대 회장 바르돈도 거뭇거뭇한 수염을 매만지며 말을 보탰다.

"그것은 저희도 반가운 일이지요. 저희가 먼저 생각했어야 하는 것인데, 이거 매번 신세만 지고 있습니다."

"별말씀을요. 뜻이 같으시다니 다행이네요."

아첸 대장장이 길드의 아첸 길드장은 사실 꼭 반길 필요까진 없었지만 한목소리를 냈다. 행여 동칠의 눈 밖에 날 것이 두려웠기 때문이다.

"그렇게만 된다면 정말 좋겠습니다."

다 반겨 주니 동칠은 그저 좋았다.

흐뭇해하는 동칠을 보며 베른이 물었다.

"생각해둔 방법이라도?"

"으음, 우선 경찰서를 만드는 게 어떨까요?"

동칠이 치안에 대해 보고 배운 거라고는 그 정도밖에 없었다.

그러나 마주 앉은 네 사람들은 그 말이 의아하기만 했다.

"경찰서?"

"그게 뭡니까?"

의문점을 풀어주려 동칠은 주저 없이 말을 이어갔다.

"치안을 유지해줄 사람들이 모인 곳입니다."

"그럼 그들에게 건물을 지어주자는 얘기로군요."

항상 여행자들의 안전이 신경 쓰였던지라, 이 일에 지대한 관심을 보이는 파논의 말에 동칠은 고개를 끄덕였다.

"경찰들은 교대로 부근을 순찰할 겁니다. 또 불미스러운 사건이 발생하면 경찰서에 신고를 할 수도 있고요."

"그럼 경찰들이 출동하는 거군요?"

"그렇죠."

동칠은 보고 겪었던 일들을 토대로 얘기하는 것이지만, 동석한 사람들은 그의 계획에 탄복을 금치 못했다.

특히나 동칠의 모든 면을 좋게만 보려는 베른은 혀를 내두르며 칭찬을 아끼지 않았다.

"정말 대단하시오. 어떻게 그런 방법을 떠올리셨소?"

아픈 과거를 털어놓을 순 없는 동칠이었다.

그랬다간 자신을 딴사람 쳐다보듯 할지도 모르는 일이었으므로.

동칠은 막힌 구간을 웃음으로 얼버무리고는 부연 설명을 덧붙여 나갔다.

"다만 경찰들을 뽑을 때 시험을 봤으면 좋겠어요. 양심에 먹칠을 한 자들이라거나 능력이 부족해 억울한 사람을 붙잡는 경우가 없도록 말입니다."

이 대목에선 울분이 담겼다.

비록 동칠이 싸움 구경을 하다가 억울하게 경찰서에 끌려갔던 일이 아니더라도, 애먼 사람을 피해자로 몰아가는 일만큼은 지양하고 싶었던 것이다.

"그래야지요. 정말 얘기 잘하십니다. 어떻게 그런 기발한 생각을 다 해내시고. 저희가 물심양면으로 돕겠습니다."

"암, 그래야지요."

이렇듯 자신의 뜻을 높이 사주고 환영해주는 사람들이라 동칠은 부쩍 더 기분이 좋아졌다.

해서, 그는 벌떡 일어섰다.

"잠깐만 기다리세요."

동석한 사람들은 급작스레 일어난 동칠을 의아하게 보았으나, 그가 주방으로 들어가는 것을 보고 혀를 날름거리며 입맛을 다셨다.

'음식이라도 내주시면 좋겠는데…….'

그것은 공통된 바람이었다.

주방 안에서는 이미 불이 피어오르고 있었다.

만드라고라는 지시를 받고 양파를 까는 중이었고, 동칠은 과거 맛보았던 소고기 탕수육을 만들기 시작했다.

붉은 일반 탕수육 양념이 아닌 누렇고 멀건 양념. 그것을 만드는 데 동칠은 혼신의 힘을 쏟았다.

미노타우로스 소고기도 밀가루에 묻혀 기름에 튀겨졌다.

그야말로 바삭바삭하고 부드러운 소고기 향과 감칠맛 도는 탕수육 양념 냄새가 주방에 그윽하게 퍼졌다.

탕수육 양념에 수줍게 잠긴 양파 조각. 그 향에 만드라고라는 넋이 나가기 일보 직전이었다.

칼이 가져온 것 • 261

어쩐지 냄새만으로 황홀해하는 듯한 그런 표정이다.
곧 적당히 튀겨진 노릇노릇한 소고기가 양념으로 빠졌다.
양념을 따로 내어줄 수도 있었지만, 동칠은 미관상 그게 싫었다.
특히나 갓 튀겨 만든 이런 음식이라면 이렇게 나가야 제격이었다.
소스와 융합한 튀김들은 생선이 꼬리를 치듯 생동감이 넘쳤다.
동칠은 너무 뜨겁지 않도록 적당히 식힌 후 소고기 탕수육이 담긴 그릇을 들고 홀로 향했다.
금방이라도 네 사람의 입에서 침이 한 바가지는 쏟아질 것 같았다.
아첸은 코를 벌름거리며 동칠이 그릇을 내려 두기도 전에 젓가락을 꺼내어 사람들 앞에 놓았다.
"뭘 이런 걸 다……."
결코 돈이 적지 않은 그들이지만, 동칠의 손을 힘들게 하지 않으려 이런 자리에서는 가급적 식욕을 억제했었다.
하지만 지금은 동칠이 알아서 음식을 만들어왔다. 이 어찌 고맙지 않겠는가.
그릇이 눈높이 아래로 놓아졌을 때, 네 사람은 이 음식의 정체를 알아차릴 수 있었다.
"탕수육이구려."

모두가 동의하는 듯했지만, 느닷없이 파논이 정색을 하며 말을 받아쳤다.

"아니, 다르오. 이건 뭔가 양념의 색부터가 예사롭지 않잖소."

듣고 보니 그런 듯해 베른이 물었다.

"동칠, 이건 다른 음식이오?"

"한번 먹어보세요."

빙긋이 웃으며 대꾸하는 동칠의 말에 참지 못한 아첸이 냉큼 젓가락으로 한 놈을 건져 입 안에 넣었다.

사르르르.

뜨겁지 않게 식혔기에 가능했다.

그래서 탕수육이 달짝지근한 향을 퍼트리며 입 안에서 녹을 수 있었다.

아첸의 입이 저절로 벌어졌다.

"아!"

그 얼굴엔 어찌할 수 없는 행복이 내려앉아 있었다.

너무도 강한 반응에 나머지 3인이 물어왔다.

"어떻소?"

순간 아첸은 그들을 노려보았다.

그리고는 미친 듯이 탕수육을 건져 입 속으로 집어넣기 시작했다.

소드마스터 가르데일의 검 놀리는 속도가 이처럼 빠를까?

칼이 가져온 것 • 263

그의 젓가락은 속도의 한계를 벗어나고 있었다.

그에 3인이 버럭 화를 냈다.

"뭐, 뭐 하는 짓이오? 지금!"

그러나 도무지 젓가락은 멈추지를 않는다.

이대로 두었다가는 저 욕심쟁이 아첸의 입으로 탕수육 모두가 희생될 것 같아 바르돈은 잽싸게 탕수육 그릇을 밀어냈다.

하지만 포기할 아첸이 아니었다.

그의 젓가락은 뱀처럼 교묘하게 멀어지는 탕수육 그릇을 쫓기 시작했고, 이에 파논이 그의 젓가락 든 손을 신경질적으로 쳐내고는 소리쳤다.

"적당히 하시오, 적당히!"

"맞소. 우리도 입이 있소!"

그사이, 베른의 시선이 우연찮게 자신 앞에 놓인 탕수육으로 향했다.

'전에도 충분히 맛있었는데. 탕수육을 처음 드셨나? 하긴, 처음이라면 그럴 만도 하겠지.'

그리 생각하고 베른은 대수롭지 않게 탕수육을 집어 입 안에 넣었다.

사르르르.

꼭 아첸이 느낀 그대로다. 몇 번 씹지도 않았는데 녹아드는 것이 말이다.

베른의 눈이 치떠지고 볼이 홀쭉 들어갔다. 볼도 그 환상적인 맛을 체험하고 싶었던 탓이다.
베른이 살아오며 느꼈던 어떤 행복도 이와 같진 않았다.
그는 대단한 미식가였지만, 여태 이 와룡반점에서와 같은 음식을 맛보지는 못했었다.
그런데 이 탕수육은 그런 와룡반점의 모든 음식을 추월하고 있었다.
바삐 갈하는 와중에 베른의 혀가 꼬여 버렸다.
"도, 등칠, 대체 음식에 무슨 짓을 한 거요?"
"무슨 짓이라뇨. 그냥 만든 거죠."
베른까지 저런 모습을 보이니 이제는 너도나도 젓가락을 들어 탕수육 그릇에 가져가기 시작했다.
그릇 쟁탈전은 수도 없이 벌어졌다.
이 주인에게 끌려갔다가 저 주인에게 끌려갔다가…….
미인만 인생이 흔한 게 아닌 모양이었다. 음식도 마찬가지인 셈이다.
탕수육 하나를 잘못 담았다가 참으로 불쌍한 처지로 전락한 그릇을 보며 베른은 경각심을 누르지 못하고 있었다.
'저게 정녕 사람이 만든 음식이란 말인가?'
얼마 후, 네 사람이 와룡반점을 떠나갈 땐 저마다 동칠에게 서운한 빛이었다. 배불리 먹고 싶은데 한 그릇만 내어준 것이 원통해서였다.

칼이 가져온 것 • 265

물론 동칠도 저들이 질리게끔 먹게 만들 생각이 없어 그리한 것이었다.
 맛도 행복처럼 과잉 섭취하면 감각이 무뎌지게 마련이므로.

아말렌 또한 렌과 똑같은 처지가 되어버렸다. 의자에 포박된 것이다.
오늘은 그녀의 앞으로 세 사람이 다가왔다. 모두 로브를 걸친 자들이었다.
빛도 잘 스며들지 않는 폐가여서 아말렌은 코처럼 찾아온 햇빛에 미간을 찡그려야 했다.
"이분인가?"
"그렇습니다."
말을 주고받는 사람들의 정체가 궁금했지만, 아말렌의 침침한 시야로는 저들의 성별조차 알아볼 수 없었다.
그 상황에서 가운데 선 남자가 다가옴으로써 심문이 시작되었다.

"그대가 교주요?"

이미 고문이 이뤄졌었다.

렌의 넓적다리에다 화롯불에 달군 검을 대는 고문이었는데, 그 비명 소리에 아말렌은 깨어났었다.

곁에서 살이 익는 냄새를 맡는 것만으로 그녀에게는 고역이었다.

또한 동칠교의 신도가 처참히 일그러진 표정으로 비명을 지르는 것 역시 마찬가지였다.

그가 묻는 것은 어렵지 않았다.

바로 동칠교의 교주가 누구냐는 것!

아말렌은 '내가 교주입니다.' 라고 거리낄 것 없이 소리쳤다.

그 이후로는 고문도 없었고 질문도 없었다.

그제야 아말렌이 이런저런 궁금증을 드러냈지만, 떡 벌어진 어깨의 남자는 아무런 대답도 해주지 않았다.

대신 이 사람들이 온 것이다.

물론 이들이 온 이유를 어렴풋이나마 짐작할 수 있었다.

'또 무언가를 질문할 거야. 나는 대답해야 할 입장이고…….'

짐작은 그대로 들어맞았다.

같은 질문에 대답을 번복할 생각이 없는 아말렌은 말라붙은 입술을 다문 채 고개만 끄덕였다.

질문자가 질문을 이어갔다.

"듣자하니 동칠 신을 모신다던데?"

"그게 잘못입니까?"

아말렌의 되물음에 질문자와 동행한 두 사람이 웃었다.

"하하하."

"크크크큭."

웃음은 아말렌의 순한 얼굴을 삽시에 뒤바꿔버렸다. 불쾌함에 표독스러워진 것이다.

자신을 욕하고 깔아뭉개는 건 얼마든지 참을 수 있지만, 그분을 모욕하는 것은 참을 수 없었다.

그런 그녀의 표정이 세 사람에게는 보였다.

왼쪽의 남자가 그를 상당히 언짢게 받아들였는지 조소를 흘렸다.

"불쾌한 모양이군."

"그래요."

항의를 받아주기 힘든지 오른쪽의 남자도 그녀를 나무라기만 했다.

"왜 바하트마 님을 모시지 않고 이단의 길을 걸었지?"

바하트마.

신성 제국이 떠받드는 신이다.

바하트마 신성 제국은 이 세상을 창조한 신 바하트마를 추

아아, 신이시여~ • 271

앙함으로써 제국의 초석을 세웠는데, 지금에 와서는 그게 정설이 되어버렸다.

대륙의 반수 이상이 이 세상을 창조한 신이 누구냐고 묻는다면 바하트마를 입에 올릴 정도였으니까.

바하트마가 세상을 창조한 것은 맞다. 그러나 이는 함께 창조한 슈발트켄 아트모스가 듣는다면 무척이나 서운할 얘기였다. 이 세상은 지구처럼 창조신이 한 명이 아니었기 때문이다.

그럼에도 바하트마만 떠받드는 건, 유일신을 모셔야겠다는 인간들의 아집에서 비롯된 일이었다.

그리고 아트모스가 이에 개입하지 않았기에 신성 제국은 바하트마를 유일신으로 추대할 수 있었다.

바하트마를 강조함에 있어 아말렌은 이자들의 정체를 유추해내는 게 가능했다.

"신성 제국입니까?"

"그렇소."

중앙의 점잖은 남자에게서 대답이 들려왔다.

그가 입을 열자 옆의 두 남자들은 벌리던 입술을 다물었다. 아마도 가운데 남자가 제일 직위가 높으리라.

아말렌은 다른 이들을 쳐다보지 않기로 했다.

그리고 그에게만 시선을 향한 채 자신의 떳떳함을 내세웠다.

"왜 우리가 믿고 싶은 분을 못 믿게 하는 겁니까? 신성 제국과 신앙이 다르면 그게 죄입니까?"

남자는 묵직하게 답했다.

"그렇소."

"그건 어디 법이지요? 교리에 그렇게 쓰여 있습니까? 신이 그렇게 말했습니까?"

오른쪽의 남자가 참지 못하고 나섰다.

"질문은 우리가 한다!"

그러나 채 두 발을 내딛기도 전에 가운데 남자에 의해 제지를 당했다.

"교리에 그렇게 쓰여 있소이다. 못 믿겠으면 보여 드리리다."

아말렌은 그에 코웃음을 쳤다.

"교리 또한 당신들이 적은 것이 아닙니까."

남자는 할 말이 없었다. 그녀의 말은 사실이었기 때문이다.

바하트마가 모습을 드러내지 않음으로써 인간들은 스스로 그를 알고자 했고, 이로 인해 인간들의 잣대로 세워진 교리가 들어섰다.

세월이 흘러가며 교리도 수차례 변해왔는데, 신도들이 그 부당함을 역설할 때마다 신관들을 비롯한 지도자들은 신앙을 강조하며 짓눌렀다.

그리고 이는 신성 제국의 대표적인 폐해였다.

인간의 머리로 짠 것이니 파훼될 수밖에…….

그로 인한 피의 숙청이 이뤄졌다.

과거에도, 현재도, 그리고 신성 제국이 존속을 하는 미래에도 그러할 것이다.

그녀는 그런 자신들을 훤히 꿰뚫어보고 있었다. 그래서인지 남자들의 눈빛이 험상궂어졌다.

가운데의 남자를 제외하고…….

'이 여인, 우리를 너무 잘 알고 있다. 신도였을까? 아니면……?'

그때, 가운데 남자가 불편한 주위를 물렸다.

"나가 있어다오."

그에 누구도 토를 달지 않고 허리를 숙이며 뒷걸음질로 폐가를 나갔다.

안에 남은 사람들은 아말렌과 렌, 그리고 명령을 내린 그뿐이었다.

남자의 목소리가 차가워졌다.

"우리가 당신들을 왜 잡았는지 아시오?"

"설명해주세요."

"동칠교도가 우리의 신도를 폭행했소이다. 게다가 신성모독까지 했지."

아말렌의 눈이 크게 떠졌다.

"그럴 리가 없어요. 우리는 멀리 가지 않았다고요."

"사실이라오. 쿨과 한 달 정도 전에 벌어진 일이었지."

"누군가 우리 형세를……."

말을 내뱉다 보니 아말렌은 짚이는 부분이 있었다.

따로 떨어진 동칠교. 그들이 벌인 짓일지 모른다.

신성 제국을 적으로 돌렸다면 보통 문제가 아니었다. 아말렌은 오해는 풀고자 애를 썼다.

"우리와는 상관없어요. 우리 신도들이 아니에요."

남자의 미간이 찡그려졌다.

"우리 신도들이 아니라니. 동칠교는 하나가 아니었소?"

"둘로 갈라졌어요. 우리는 남고, 그들은 떠났어요. 서로 만나지 않게 될지도 몰라요."

여태 신사처럼 그녀를 대했던 남자의 태도가 그 순간 껄끄러워졌다.

"너무하는군. 문어발 확장에 이제는 패까지 가르는 것이오?"

"그들은 몰라요. 하지만 우리는 신도를 늘리지도 않아요."

너무 얘기가 길어진다고 생각했다.

동칠교의 사정이야 남자가 알 바 아니었다.

그는 시간을 단축하고 싶어 했다. 그러려면 조금은 모질어질 필요가 있었다.

"버리시오. 버리면 용서해주겠소."

"무얼요?"

"동칠교 말이오. 그릇된 신앙을 버린다면 내 다 용서해주리다."

"무엇이 옳고 그릇된다는 거지요? 인간이 그것을 판단할 수 있습니까?"

그릇된 신앙을 품고 있는 여인에게 눌려 가고 있다.

신앙이나 자존심에 상처를 입었을까?

남자는 아말렌에게 위협적으로 다가섰고, 곧 백색의 장갑을 착용했다.

"고문을 시작할까 하오."

말문이 콱 막혀 힘을 사용하여 굴복시키려 하지만 아말렌은 나무라지 않았다.

그리고 남자의 날카로운 쇳조각을 든 손이 고운 얼굴 근처로 다가왔음에도 저항하지 않았다.

그 눈이 너무 슬프고 차가웠다.

딸그랑.

쇳조각이 떨어지는 소리다.

남자는 차마 그 눈을, 그 얼굴을 상처 입힐 수 없었다.

"이름이 무엇이오?"

"아말렌, 아말렌이에요."

❋ ❋ ❋

페노멘 자작이 먼젓번의 고마움을 표하려 프로센 백작가를 찾았을 때, 그는 다른 손님과 동석을 하고 있었다.

 안에 기별을 고해달라는 말을 전했음에도 기사는 기다리라는 말만 할 뿐, 창을 꼿꼿이 세운 채 근무에 임했다.

 페노멘에게는 상당히 불쾌한 일이기는 했다.

 그래도 백작을 탓할 수는 없는 노릇이었다.

 그가 아니었다면 국왕의 문책을 피할 수 없었을 것이기 때문이다.

 지금 생각해보아도 알타 산을 두고 벌인 영지전에서의 소모는 너무 컸다.

 프로센 백작.

 바센 왕국의 실세로 손꼽힌다.

 10여 년 전, 제2왕자를 옹립하여 왕위에 앉히는 데 결정적 역할을 한 것이 바로 그였다.

 제1왕자를 추방하고, 그를 추종하던 세력들을 발아래 꿇린 일도 바로 그의 지휘 아래 이뤄졌었다.

 그렇다 보니 국왕이라 할지라도 그의 의사를 소홀히 할 수 없었다.

 따라서 바센의 여러 귀족들은 페노멘처럼 큰 과실을 범했을 때, 재물을 들고 프로센 백작을 찾곤 했다.

 응당 페노멘은 프르센이 안에서 맞는 손님도 그중 한 명이리라 생각했다.

'누가 또 실수를 했나 보군.'

곧 문을 지키는 기사에 의해 두꺼운 원목 문이 열렸고, 프로센이 앉은 채로 손짓했다.

"들어오게."

거만한 저 태도가 마음에 들지 않아 페노멘은 여러 차례 프로센을 힐뜯었지만, 분명 페노멘 자신 혼자 있을 때만 그랬었다.

그에게 밉보였다가는 작위고 영지고 다 날아가는 수가 있기 때문이다.

페노멘은 허리를 깊이 숙이고서 아뢰었다.

"백작 각하를 뵈옵니다."

입을 벙긋하기도 귀찮은지 프로센은 여전히 손만 끄덕였다.

와서 앉으라는 얘기다.

그 태도에 페노멘은 신물이 나려 했지만, 그래도 내색하지 않고 웃으며 다가갔다.

프로센이 소파의 옆을 내주었지만 페노멘은 오히려 그게 더 불편했다.

전에처럼 하인들이나 할 잔심부름을 하지 말라는 법이 없질 않은가!

페노멘은 몰랐지만, 프로센은 일부러 그렇게 귀족들을 부렸다.

자신의 위상을 확인하기 위해서, 그들에게 초라함을 안겨 주기 위해서!

거지가 없는 곳에는 부자가 없다는 말이 있다.

다른 사람과 차등을 둠으로써 뿌듯함을 느끼는 게 인간인 것이다.

프로센은 자신이 일반 귀족임을 원치 않았다. 더 뛰어나고, 더 높은 자이기를 원했다.

다른 왕국에서 보면 코웃음을 칠 테지만, 프로센은 언젠가 자신이 이 넓은 대륙으로 발을 뻗어갈 것이라고 믿었다.

자신의 인맥들을 동원해서…….

앞에 다리를 꼬고 앉은 남자는 페노멘이 예상한 바센의 귀족이 아니었다.

'처음 보는 자…….'

이런 일이 처음은 아니었다.

종종 프로센은 자신의 인맥이 넓다는 걸 과시라도 하듯 이렇게 모르는 사람들을 앉혀 두었으므로.

"이분이 누구신 줄 알겠나?"

"저는 안목이 좁아 잘 모르겠습니다."

예상했던 반응이라는 듯 프로센은 입을 열려다 앞에 앉은 사람의 눈치를 살피며 먼저 허락을 구했다.

"어르신을 소개해도 되겠습니까?"

"마음대로."

프로센을 앞에 두고 거드름을 피운다. 말인즉슨, 더 거물이라는 얘기다.

페노멘이 어렵게 시선을 들어 그를 쳐다보았다.

잿빛 머리칼, 심연처럼 깊은 눈, 날카로운 턱선, 고집스런 입매는 사람과 별반 다를 게 없었다.

하나…

눌러쓴 모자 위로 귀가 길게 솟아 있다.

꼭 끝 모양을 보지 않아도 저 큰 귀는 엘프의 그것. 다시 말해 다크 엘프라는 소리다.

이윽고 그의 이름이 들려왔다.

"마잔베르크. 이분의 존함일세. 똑똑히 기억해두게. 혹시 자네가 이분께 결례를 범한다면 내가 가만두지 않을 것이네."

모욕을 주는 방법도 여러 가지였다.

자신이 언제 그의 인맥을 무시했다는 말인가?

이는 다크 엘프 마잔베르크 앞에서 페노멘을 깎아내림으로써 프로센 자신을 치켜세우려는 의도였다.

'언제까지 당신 세상일까?'

페노멘은 잠시 그렇게 생각했다.

따지고 보면 페노멘의 야욕에 프로센도 톡톡히 한몫을 했었다.

그런데 오늘 만난 이 사람은 프로센보다 더한 사람, 아니

작자였다.

"자네 귀에 들어갈까? 그 전에 내가 목을 자르지."

경우가 없어도 이렇게 없을 수는 없다.

아무리 프로센의 인맥이라 하더라도 첫 대면에서 저런 언사를 서슴없이 내뱉는 사람은 페노멘의 기억엔 없었다.

무례한 자에 대해 욕지기가 튀어나오려 했지만 페노멘은 자신의 명줄을 위해 입을 꾹 닫았다.

"숙여라. 굽혀라! 엎드려라! 노스페 평야의 지배자 앞에선."

순간, 시를 읊듯 두 손을 쳐올리고 내뱉는 프로센의 말에 페노멘은 아연해졌다.

그는 노스페 평야의 다크 엘프들에게는 두려움이 없다고 들었다.

그곳엔 다크 엘프들만의 성이 세워졌고, 영지가 구축되어 있다고 했던 것이다.

남들에게는 일개 영지로 생각될지 몰라도, 바센 같은 소왕국은 그 상대가 될 수 없다는 게 군사 전문가들의 보편적인 견해였다. 그 개개인의 힘이 막강하기 때문이었다.

그런데 그 수장이라니!

페노멘의 놀람을 비웃듯 프로센은 번쩍거리는 금니를 드러내 보였다.

"더불어 이분은 소드마스터시라네."

당연히 페노멘은 더 크게 놀랐지만, 뇌리에 그와 맞물리는 한 대상이 떠올랐다.

알타 산에서의 철수를 감행하게 만든 결정적인 원인!

바로 가르데일 공이었다.

순간, 간계가 떠올라 페노멘은 조심스럽고도 단호하게 입을 열었다.

"저도 소드마스터를 한 명 알고 있습니다."

미끼는 눈이 실처럼 가늘어진 마잔베르크가 먼저 물었다.

"이름이?"

"가르데일 공입니다."

그와 싸움을 붙이려면 여기서 절차를 밟아야 할 것이다.

그러나 그럴 필요는 없었다. 다크 엘프, 소드마스터 마잔베르크가 그 절차를 생략해주고 있었기 때문이다.

"그 녀석이 근방에 있나?"

페노멘은 놀란 눈을 했다.

"알고 계십니까?"

곧 사악한 웃음소리가 마잔베르크의 입에서 흘러나왔다.

"크크큭, 가르데일 그 녀석과는 아주 오랜 원한이 있지. 불어봐라. 녀석이 어디 있는지······."

* * *

야반도주였다.

숲을 가로질러 뛰는 두 사람. 여성의 실루엣이 남성 실루엣의 손을 잡고 이끌었다.

문득 굵은 남자 목소리가 의문을 제기했다.

"아말렌, 나는 지금 내가 옳은 선택을 한 건지 모르겠소."

"믿어요. 적어도 가르침은 얻으실 수 있으실 테니까."

그랬다.

신관 잔트는 아말렌에게 매혹되어버렸다.

그래서 먼저 잡은 렌을 풀어주고 그녀와 야반도주를 감행한 것이다.

신관이 이교도를 따라간다.

이 일은 신성 제국의 치부로 남을 터였다.

만약 이러한 사실이 다른 신관들의 귀에라도 들어가면, 십중팔구 잔트는 화형에 처해질 것이었다.

그런데도 잔트는 아말렌에게 이끌려 왔다. 대단한 각오가 없으면 벌이지 못할 일이었다.

모든 걸 버린 남자와 그를 인도하는 여인.

비극으로 끝맺을 수 있음에도 잔트는 지금 맞잡은 그녀의 손이 따뜻하게만 느껴졌다.

'내 신앙은 모르겠소. 다만 당신은 지켜 드리리다. 내 목숨과 맞바꿔서라도……'

그렇게 잔트는 첫눈에 콩깍지가 씌어 모태 신앙도 팽개치고, 그토록 이단이라 일컬었던 동칠교를 향해 나아가고 있었다.

특선 탕수육.

새로 붙은 메뉴였다.

동칠은 특선 미노타우로스 탕수육이라고 써 붙이고 싶었으나 식구들 모두가 한사코 말렸다. 그랬다가는 난리가 난다는 것이다.

왜 난리가 난다는 것인지는 알지 못했지만, 동칠은 묻지 않고 식구들의 의견을 존중해 미노타우로스라는 단어를 뺐다.

가격도 올려 받기로 했다.

2실버 40쿠퍼인 꾸뤼릭 탕수육에 비해 2배가 높아 한 그릇에 4실버 80쿠퍼다.

그야말로 갑부들이나 돈 많은 귀족들만 먹을 수 있는 고급 음식이 되어버린 셈이다.

서민 음식이 부르주아 음식이 되어간다는 데 동칠은 씁쓸했다. 또한 저 많은 고기가 썩어버리는 게 아닐지 걱정도 되었다.

그러나 특제 탕수육은 하루에 100그릇은 너끈히 팔려 나갔다.

자연히 특제 탕수육을 추가로 시킨 테이블을 계산하는 샨의 입은 찢어져라 벌어졌다.

환상적인 맛에 감동해 팁까지 주는 손님도 있었는데, 물론 그것은 샨의 호주머니로 들어갔다.

'사장님은 팁 같은 거 받지 않아.'

샨은 그렇게 자신을 정당화했다.

손님이 더 늘어나며 야외 테이블은 점점 넓어졌고, 경찰서가 문을 열면서 메이스와 검, 활 등으로 무장한 경찰관들이 주변을 순찰했다.

상인 길드나 여행자 길드가 가장 신경을 쓰는 곳이 바로 와룡반점이다 보니, 다른 구역에 비해 이 구역을 순찰 도는 경찰관들이 제일 많았다.

너무 바빠 동칠은 밖을 살필 여유도 없었다. 오죽하면 주방 보조를 둘 생각을 했을까?

자신을 도울 사람을 구할 생각을 하니 아쉬운 대상이 하나 있기는 했다.

'삼식이 자식이 정신만 차렸더라도……'

자버와 어우러져 삼식의 가게를 박살낸 것은 동칠이 의도한 바가 아니었다.

분노가 시야를 좁힌 까닭에 그는 새로 들어선 황룡반점의 간판도 보지 않고 들어섰으므로.

자연히 동칠은 당시 그곳에 삼식이 있다는 것도 알지 못했다.

그러니 그 일에 대한 미안함이라고는 없었다.

그때, 불현듯 귀가 가려운지 동칠은 귀를 후볐다.

'누가 내 욕을 하나?'

멀지 않은 곳에서 동칠을 입에 올리는 사람들이 있기는 했다.

불려 다닐 것을 우려해 저장고 안에서 고스톱을 치는 가르데일과 데몬이 그들이었다.

"돈 저렇게 벌어서 어디에 쓸까요?"

"낸들 아나?"

어느 순간부터 동칠은 가르데일과 데몬에게 일체의 식사비를 받지 않았다.

오히려 매달마다 용돈을 손에 쥐어줬다. 그 돈으로 필요한 것도 사고, 고스톱이나 치라는 것이다.

그러나 별로 쓸데도 없어 돈은 항상 남았다.

데몬은 패를 섞으며 바로 그 문제에 대해 얘기하고 있었다.
"어르신, 우리도 펀드나 넣읍시다."
"펀드?"
"왜, 있잖습니까. 와룡은행에 펀드가 생겼다고."
"알고 있네. 근데 자네는 펀드까지 들어 돈 벌어다 어디에 쓰려 그러나?"
"당장 필요한 데는 없지만, 그래도 없는 것보다는 낫지 않겠습니까? 또 동칠이 하는 일이니 돕는 것도 되고요."
데몬은 펀드를 들어 일이 생기지 않으면 죽을 때까지 묵혀 둘 셈이었다.
결국 그에게 받은 돈을 그대로 돌려주겠다는 얘기다.
가르데일의 머리도 거기까지 굴러갔다.
"그래, 이번 휴일에 내 것까지 샨에게 부탁함세."
지금처럼 엄청난 돈이 와룡반점을 중심으로 굴러가고 있었다.
당연히 그를 안 좋게 보는 시각도 있었다.
이름난 상단들이 와룡상단을 경계하기 시작했고, 무력이 있는 자들은 알타 산으로 눈을 돌렸다.
동칠도 돈이 너무 많아지자 겁이 나기 시작했다.
때문에 일부를 사회에 환원하겠다는 의도로 자선사업을 펼쳤는데, 운이 없게도 그것은 부메랑이 되어 돌아왔다.

그 마음씨에 감복한 사람들이 수시로 동칠의 칭찬을 하니 소문이 여기저기 퍼져 와룡상단이라는 상표로 만든 옷가지들이 불티나게 팔려 나갔고, 마찬가지로 와룡은행의 펀드에도 돈이 몰린 것이다.

 졸지에 대륙에 대기업이 들어선 셈이다.

 작금, 동칠에게 가장 부족한 건 세력이었다. 가진 금전에 비해선 정말 턱없이 모자라는 힘이었으므로.

※ ※ ※

 화살에 찢겼던 율카스의 다리는 진즉에 다 나았다. 그에 율카스는 짐꾼을 데리고 오크 족장 칸타르를 만났다.

 칸타르는 오래된 친구를 맞은 것처럼 율카스를 반겼고, 자장과 탕수육을 받았다.

 탕수육은 얼마 전부터 동칠이 감사의 표시로 전해준 것이었다.

 칸타르는 동칠의 우정에 깊이 고마워했다. 더불어 조개가 전에 비해 많아진 건 그 나름의 우정이었다.

 비톤 데몬이 동행하지 않을 땐 말은 통하지 않았지만, 자장과 조개는 서로 통했다.

 율카스는 칸타르와의 교분을 잠시 접고 다음을 기약하며 등을 돌렸다.

그 등에 대고 칸타르가 용맹한 오크 전사들 사이에서 외쳤다.

"휴메, 취르륵 카르탁 끄라각 키두(어려운 일 있으면 얘기하라고)."

당연히 율카스가 그 말을 알아들을 리 만무했다.

그래도 그는 고개를 돌려 물물교환의 날만 되면 좋아 죽는 칸타르를 향해 빙긋이 웃어주는 동시에 손을 흔들어주었다.

그리고 다시 고개를 돌렸을 때, 율카스는 정색했다.

'그러나저러나 저 녀석, 얼마나 강한 거지?'

자신의 검술이 전에 비해 많이 향상되었음에도 칸타르와 그 전사들 앞에서는 이상하게 기를 펴지 못한다.

꼭 어린애가 어른과 팔씨름을 하기 위해 손을 잡은 느낌이랄까?

칸타르와 그 전사들에게는 그런 어른 같은 위용이 있었다.

'아무리 강하다고 해도 결국 오크잖아.'

뭐 대단한 게 있겠냐 싶어 율카스는 거기서 생각을 접어버렸다.

다만 이곳으로 향하기 전 사장님이 한숨을 쉬며 한 얘기가 거슬렸다.

어쩔 수 없다면서, 이제는 조개 구이나 해먹는 방법밖에 없겠다고.

오랫동안 생각해봤지만 그 뜻을 헤아릴 수 없었다.

그러다 문득!

'설마, 설마 …….'

율카스의 표정이 험해졌다.

'짬뽕을 못 만든다는 얘기 아니실까?'

그건 싫었다.

그렇게 되면 안 된다.

자장면으로 충분히 만족은 하지만, 짬뽕이 빠지면 인생의 낙이 반쯤 사라질 것 같다는 느낌이 들었다.

탕수육도 간간이 나왔지만, 주로 식사는 자장과 짬뽕으로 했었다.

어찌 달짝지근함만 좋아할쏘냐. 때로는 매움도 곁들여 줘야 하거늘.

차라리 맛을 보게 하지 말았으면 지금과 같은 원망은 않았을는지도 모른다.

율카스는 제발 아니기를 빌었다.

상념을 떠안고 오다 보니 금세 도착해버렸다.

모르고 산으로 올라가려다 잘못을 깨닫고, 율카스는 짐꾼과 함께 다음의 일을 위해 동칠교가 일구고 있을 밭으로 향했다.

율카스는 자주 동칠교를 감시한다.

저들이 딴생각을 품고 있지는 않은가, 나갈 기미는 보이지 않는가를 주시해서 보면 되는 것이다.

그렇게 밭에 다다라 율카스는 습관처럼 셈을 하기 시작했다.

'한 명… 두 명… 이 십… 이십 하나… 얼레? 한 사람이 늘었네?'

곧이어 평소와 다른 점도 보였다.

'가만, 저건 뭐지?'

못 보던 작물이 있었다.

초록과 빨강의 원뿔 모양의 채소. 그것은 여태껏 저 밭에서 자라난 어느 작물보다 팔팔해 보였다.

"어디서 보았던 것도 같고……."

율카스는 고개를 갸웃거렸다.

그것이 동칠이 그렸던 그림 속에 있던 건 줄은 모르고, 그는 밭으로 향하지 않고 와룡반점으로 향했다.

짐꾼과 율카스가 접한 와룡반점은 휴일이라 한산했다.

마당에서 보덴과 하만은 그물을 쳐 놓고 축구공보다 커다란 꾸뤼릭 오줌보로 족구를 했으며, 가르데일과 데몬은 거적을 펴놓고 그놈의 고스톱을 치는 중이었다.

은행에 간 판테스와 샨은 아직 돌아오지 않은 상태!

동칠은 야외의 테이블에서 한 상인과 면담 중이었다.

"미노타우로스의 뿔과 심줄을 팔라고요?"

"네, 값은 최대한 쳐드릴 터이니 저에게 넘기심이……."

지인 소개를 받아서 온 상인이기는 했지만, 동칠은 팔 마음이 없었다.

"죄송합니다. 저도 필요해서 그건 팔 수가 없네요."

"어디 쓰실 데가 있으신지?"

"아는 분께서 벌써 예약을 해두셔서요. 죄송하게 되었습니다."

"그분이 누구신지 좀 알려 주실 수 있겠습니까? 제가 얘기를 해서……."

"정말 죄송하게 되었습니다. 그분께서 그것도 비밀로 해달라고 하셨으니……."

상인의 얼굴이 실망감으로 물들었다. 그러나 동칠은 약해질 수 없었다.

미노타우로스의 뿔과 심줄은 일전에 화로를 만들어준 드워프가 자신에게 꼭 넘겨달라고 부탁했던 것이다.

더불어 당부의 말도 남겼었다.

'흔치 않은 것이지만, 보통 미노타우로스의 뿔과 심줄은 각궁을 만드는 데 쓰입니다. 다른 용도로 사용될 수도 있지만 말입니다. 하지만 각궁을 만든다 해도 어지간한 손기술로는 재료를 갉아먹을 겁니다. 꼭 그건 제가 만들어야 하니 남겨 주십시오. 후에 함께 작업할 동지들과 돌아오겠습니다.'

동칠은 꼭 그러마고 고개를 끄덕였다.

치안을 강화하다 • 295

그에게는 정말 큰 은혜를 입었다. 그가 없었다면 와룡반점이 이렇듯 번창하지도 못했을 테니까.

결정적인 건 화로였다.

물론 작금엔 또 하나의 고민이 머릿속에 자리를 잡아버렸지만 말이다.

완곡한 동칠의 거절에 상인은 축 늘어져 돌아갔는데, 그 공백을 곧장 율카스가 메웠다.

"사장님, 주방 안에 조개는 두고 왔습니다."

"그래? 잘했다."

"참, 사장님."

"응? 왜?"

"저, 신도들 말입니다."

"신도들? 누가 나갔어?"

보통 율카스는 특이한 상황 없이는 신도들을 거론하지 않았다. 그렇기에 동칠이 이렇듯 들뜨는 것이다.

그러나 율카스는 그의 기대와는 다른 말을 했다.

"한 명이 늘어난 듯합니다."

그 소리에 동칠은 당장 팔을 걷고 일어났다.

"내 그 자식들을!"

그들 입으로 분명 약속했었다. 신도들을 더 이상 불러 모으지 않겠다고 말이다.

서두르는 동칠을 쫓아 율카스는 한마디 말을 더 보탰다.

"저, 그리고……."

"그리고 또 뭐?"

"이상한 작물이 있던데요?"

"이상한 작물?"

"네, 이렇게 생긴……."

율카스가 허공에 손가락으로 그림을 그린다고 그렸지만, 동칠은 도무지 알아볼 수 없었다.

'가보면 알겠지.'

어차피 걸음을 둘 것이라서 상관없었다.

율카스는 사장님을 졸졸 쫓았고, 그렇게 밭에 다다랐다.

그런데 막상 밭에 다다랐을 때, 동칠은 신도들을 다그칠 생각도 잊어버렸다.

밭에 있는 저것들은 바로 고추였기 때문이다.

고추가 떨어져 짬뽕을 그만둘 처지에 놓였던 동칠이다. 그러니 어찌 반갑지 않겠는가!

신도들은 기꺼이 동칠에게 고추를 바쳤다.

동칠은 종업원들과 함께 그 고추를 말리고, 널린 고추들을 보며 흐뭇해했다.

조단간 또 다른 문제가 봉착해올 테지만 일단 급한 불은 끈 상태.

"이제 짬뽕 더 만들 수 있다."

"재료가 다 떨어졌었나요?"

샨의 물음에 동칠이 고개를 끄덕였다.
"그래."
"이렇게 요상한 것도 재료였군요."
듣던 율카스가 무척이나 반가워했다.
순간이었다.
휘이잉.
세찬 바람이 몰아치자, 애써 널어둔 고추들이 사방으로 흩날렸다.
동칠은 필사적으로 소리쳤다.
"고추 잡아!"
그러자 널어둔 이것이 고추라는 건 알았는지 종업원들은 날랜 몸동작으로 그것들을 회수했다.
그러나 바람은 더욱 거세졌고, 기어이 날개 달린 양 고추들이 부유하기 시작한다.
동칠은 성난 눈을 들어 바람이 불어오는 곳을 좇았다.
머리 위쪽으로 와룡반점보다도 큰 새가 날고 있었다. 녀석의 날갯짓으로 평지풍파가 일어나는 것이다.
말 그대로 앞마당의 잔디들이 물결을 치고 나무가 사방으로 흔들리며 이파리를 흔들었다.
하물며 그보다 가벼운 고추가 날아가는 것은 당연한 일!
"드, 드래곤?"
판테스가 경악을 금치 못하고 내뱉은 말에, 잔상까지 보이며 한 아름 고추를 회수해온 가르데일이 그 어리석음을 꾸짖었다.

"예끼. 이 사람. 저걸 드래곤에 비교하나? 저건 와이번일세."

 와이번도 목격하기 힘들지만 드래곤은 더욱 보기가 힘들다. 물론 동칠이나 종업원들은 와이번조차 목격하지 못했었고 말이다.

 지상이 궁금했을까?

 와이번의 머리가 숙여졌다.

 바로 그 순간, 녀석이 입에 물고 있던 뭔가가 흘러버렸다.

 중력이 끌어당김으로써 타원형의 뭔가는 무서운 속도로 낙하했고, 곧 땅에 떨어졌다.

 쿵, 쿵, 쿵쿵쿵.

 그 무게가 결코 적지 않았음이다.

 그것이 찍고 지나간 땅마다 움푹움푹 파였다.

 몇 번을 튕기던 그것은 이내 구르기 시작했고, 거대한 나무와 부딪혔다.

 투웅!

 충격으로 나무가 휘청거리며 잎이 후두둑 떨어졌다.

 저 먼 앞쪽에서 벌어진 일에 종업원들이 달려가려 할 때, 가르데일이 막아섰다.

 그 이유는 곧 밝혀졌다.

와이번이 지상으로 내려오고 있는 것이다.

그러나 녀석은 몇 그루의 나무만 그 발로 무너뜨리다 우거진 나무 사이로 들어가지 못해 떨어뜨린 걸 포기하고 다시 날아올랐다.

와이번이 저 먼 하늘로 사라지고 나자 그제야 와룡반점엔 평화가 찾아왔다.

'무식하게 크네……'

동칠이 그곳으로 발을 옮기며 가진 생각이었다.

미노타우로스를 비롯해 저렇게 거대한 생명체들이 득실거리니 인간들은 기도 못 펴고 살 것 같았다.

와이번이라는 녀석이 흘리고 간 것에 가장 먼저 다다른 사람은 역시나 가르데일이었다.

그는 거대한 알을 목전에 두고 그것이 무엇인지 알아보려 고심하는 눈치가 역력했다.

곧 데몬이 그의 옆에 가 서자, 가르데일은 고개도 돌리지 않고 물었다.

"자네, 이게 뭔지 알겠는가?"

눈썹을 좁히고 유심히 그것을 살펴보았지만, 데몬조차도 정체를 알 수 없었다.

"저도 잘 모르겠군요."

다음으로 다다른 종업원들과 샨도 마찬가지였다.

꼭 사람만 한 타원형의 알.

동칠의 손이 그 표면을 매만졌다. 그러다 코를 들이대본다.

"큼큼, 구린내는 안 나네?"

알의 주인이 들으면 굉장히 불쾌할 소리였다.

아무도 해석 못하는 이 알의 정체는 드래곤의 유충, 즉 헤츨링이었다.

그를 보호하던 유모가 원인 모를 병으로 죽어버렸다. 드래곤이 죽었다는 얘기다.

홀로 남겨진 알을 보고 와이번이 날아들었고, 알을 물고 자신의 둥지로 가는 도중에 이와 같은 변이 일어난 것이었다.

불현듯 동칠의 얼굴이 사색이 되었다.

"설마 다 온 거야?"

그러자 움찔하는 것은 율카스였다.

막내는 샨이지만 그녀는 가게를 지킬 의무가 없었다.

보통 가게에 남아 있어야 할 건 율카스 자신이었던 탓이다.

"돌아가겠습니다."

꾸벅 허리를 급히는 율카스를 못마땅한 눈으로 쳐다보던 동칠은 종업원들에게 명령을 내렸다.

"이거 들고 따라와."

똑똑!

노크해봐도 대답이 없다.

귀를 기울여 봐도 별소리가 들리지 않는다.

정체불명의 알을 놓고 동칠을 비롯한 오룡반점 식구들은 지대한 관심을 보였다.

"깨볼까요?"

어차피 부화도 못할 것 같아 꺼낸 얘기였다.

그런 동칠의 말에 누구도 부정하는 이가 없어서, 곧 알을 깨기 위한 일이 시행되었다.

"깨면 프라이나 해먹어야겠네."

그 일환으로 동칠은 알 아래 철판을 받쳤다. 노른자나 흰

자가 흘러서는 곤란하기 때문이다.

 사람들이 물러선 상태에서 우선 율카스가 비장한 각오로 자신의 애검을 꺼내들었다.

 눈빛만 보아서는 당장이라도 알이 두 쪽 날 듯하다.

 한껏 폼을 잡던 율카스는 기합성과 함께 검을 수평으로 내그었다.

 "이야압!"

 깡!

 검이 부러졌다.

 참으로 아끼던 그의 애검이 부러진 것이다.

 동강 난 검은 하필이면 가르데일의 발치에 떨어졌다.

 "내게 이런 불만이 있었군."

 그에 율카스는 제 애검이 부러진 안타까움도 제쳐 두고 변명부터 해야만 했다.

 "아닙니다, 어르신. 결코 고의가 아니었습니다."

 대강 그 분위기가 정리되자 다음으로 보덴이 해머를 대령해왔다.

 이를 내려치는 건 하만이었다.

 깡! 깡!

 깨어지기는커녕 금이 가지도, 흠집이 생기지도 않는다.

 종업원들의 힘만으로는 무리라고 판단되었는지 데몬이 나서려 할 때, 샨이 예리한 단검을 빼어들고 먼저 나섰다.

"이 비수는 모든 걸 찌를 수 있죠. 피둥피둥한 뱃가죽 같은 것만 뺀다면……."

자버를 일컫는 말이었다.

자버의 배도 가르지 못하는 비수로 이 알에 충격을 가하겠다는 야무진 꿈을 꾸는 셈이다.

가르데일이 그런 그녀를 나무랐다.

"아서, 손 다쳐."

해보지도 못하고 물러선 샨을 두고 데몬이 나섰다.

"제 흑마법이라면……."

이 또한 가르데일이 타박했다.

"프라이 만든다잖아. 사람 입으로 들어갈 알을 암흑의 기운으로 물들이려 그래?"

뭔가 항변은 해야겠는데 마땅히 둘러댈 말이 없어 데몬도 어찌지 못하고 결국 물러섰다.

그리하여 마침내 가르데일이 자르도닉스를 뽑았다.

이어 마나를 주입시키니 검끝에서 휘황한 오러가 비죽비죽 솟아났다.

가르데일은 오러 블레이드를 휘두르기에 앞서 스리슬쩍 알에 대보았다.

툭.

그러나 그것으로 끝이었다. 오러를 거두고 자르도닉스를 검갑에 집어넣어버린 것이다.

"아니, 왜?"

이어진 데몬의 질문에 그는 짤막하게 둘러댔다.

"폼이 살질 않네."

그는 거짓을 얘기했다.

실상 저 알은 오러 블레이드로도 자를 수가 없었다.

드래곤의 알이기에 그러하다.

헤츨링이나 성체가 된 드래곤의 비늘에는 흠집을 낼 수 있을지언정, 그들이 잉태한 생명이 담긴 알은 무엇보다 소중했기에 그 자신들의 비늘보다도 단단했던 것이다.

❈ ❈ ❈

노인은 터덜터덜 걸었다.

정처 없이 떠돌았다.

이 세상을. 이 대륙을.

고단한 게 삶이었다.

피곤한 게 생이었다.

그럼에도 일평생을 마법이라는 학문에 정진하고 매달렸다.

"그런데 웃어, 남들은."

툭 뱉어진 말. 거기에 답이 있었다.

남들은 도전해보지 않은 일에 노인은 도전하려 했다.

학문이라는 건 그렇게 깨달아나가는 게 아니던가. 흔한 마법서적에 실린 마법을 익혀서야 어디 별전을 이루겠는가 말이다.

그래서 노인의 삶이 더 힘들었다.

남들이 시도하지 않은 길로만 나아가려 했기에 시행착오가 잦았던 것이다.

그는 집안으로부터 물려받은 게 많아 굉장한 부호였고, 아직도 많은 돈을 가지고 있었다.

그랬기에 그 많은 일들을 실패로 돌리고도 아직 허황된 꿈을 버리지 않았다.

'역사에 길이 남을 만한 무엇을……'

그건 노인의 꿈이었다.

모두가 비웃었던 인생, 무언가 대단한 일을 해냄으로써 오래도록 마법서적에서 자신의 이름이 회자되었으면 싶었다.

대단한 것은 꼭 대단한 사람들 근처에서만 필요로 하는 게 아니었다.

요너트란 이런 변두리 왕국에도 대단한 기적을 바라는 이들이 있을 테니까.

두리번거리고 기웃거리길 며칠. 그는 프라우 남작의 영지에 다다랐다.

관문을 지나오는 데는 무리가 없었다.

여행자 통행증을 보여 주고 수비병에게 일정량의 금액을

내면 얼마든지 들어가도 좋다는 말을 들었으므로.

나귀를 타고 구경 중인 프라우 남작의 영지에 특별한 점은 없었다.

한 무리로부터 혼비백산하여 말을 타고 도망치는 무리를 제외하고는.

노인의 눈이 이채를 발했다.

"옳지, 저거다."

저기에 가면 뭔가 특별한 걸 요구하는 사람이 있을 것 같았다.

쫓는 자가 아닌, 쫓기는 자로부터.

※ ※ ※

프라우 남작은 절망에 빠져 있었다.

모든 게 끝이었다.

권력도, 영지도 조만간 휘테 자작의 손아귀로 들어갈 것이었다.

쫓기는 이 생활에도 지쳤다.

자신의 인생에서 결정적인 오점이 있다면 알타 산을 노렸던 일이었다.

그 일로 인해 군량을 허비했고, 군사를 잃었으며, 영지민들로부터 미움을 받았다.

요네트 왕국의 프라우 남작 또한 바센 왕국의 페노멘 자작처럼 영지전을 준비한답시고 영지민들에게 무리한 수탈을 감행했던 것이다.

 요네트의 국왕은 무능한 귀족에게는 관심이 없었다.

 그럼으로써 휘테 자작이 그의 영지를 노리는 것을 묵과해 주었다.

 프라우의 가솔들이 죽어나가고 휘테 자작가의 하인으로 몰락했다.

 욕심이 화를 불러온 것이다.

 똑, 똑.

 동굴 입구에 맺힌 빗방울이 바닥을 때렸다.

 모닥불은 젖은 옷을 말려 주고 몸을 따뜻하게 해주었지만, 그의 상처까지 아물게 해주지는 못했다.

 누구를 원망할 것도 탓할 것도 못 되었지만 그는 이를 갈았다.

 "씹어먹어도 시원치 않을 놈!"

 그 욕은 자신과 영지전을 벌인 페노멘 자작을 향해 있었다.

 따지고 보면 그의 영지를 놓고 벌인 영지전도 아니라서 탓할 것도 아니었다. 거기다 그 자신이 좋다그 끼어든 일이 아닌가.

 그의 기사들은 침묵했다.

주군을 잘못 만나면 비참해지는 게 기사들의 인생.

그들도 초라했고, 비참했다. 단 한 번의 결정을 잘못 내린 프라우 남작으로 인해서.

잘만과 레야도 와룡반점에서 풀려났지만 남은 인생에 대해 안도할 수 없었다.

결국은 일이 이 지경이 되어버렸기 때문이다.

아직 프라우 남작이 살 방법이 있기는 했다.

휘테 자작이 보낸 놈들의 추격을 따돌린 다음 영지를 버리고 달아나는 일.

치욕적이지만 그 방법밖에 없었다.

사로잡히면 목이 잘리고, 자신의 영지 저잣거리에 그 목이 매달릴지도 모른다.

휘테 자작은 그것으로 영지민들에게 환심을 사고 새 영주로 자리매김을 할 것이다.

때문에 굴 안에 있는 사람들은 프라우 남작이 과거에 연연해 않고 그냥 도망가기를 바랐다.

복수는 무리한 일이었다. 아니, 자살행위였다.

그러나 귀족들은 죽을 때까지 귀족이기를 원한다. 프라우 남작 또한 그 범주에서 벗어날 순 없었다.

미련을 떨치지 못하고 프라우 남작은 이를 갈았다.

"뿌드득, 와룡반점만 손에 넣었어도……."

그랬다면 국왕의 전폭적인 지지를 얻어냈을 것이다.

감히 휘테 자작 따위가 자신에게 이러한 일을 자행하는 걸 눈감아주지 않았을 거란 말이다.

프라우 남작의 푸념에 잘만과 레야는 힘없이 고개를 숙였다.

'면목이 없습니다, 주군.'

와룡반점은 므서운 곳이었다. 호랑이 소굴이었다고나 할까?

주군에게 그때의 상황을 낱낱이 고해바쳤음에도 프라우 남작은 여전히 자신들을 마뜩찮게 여기는 눈치였다.

물론 궁지에 몰린 주군의 입장을 이해 못하는 바는 아니었다.

하지만 그날 이후, 잘만과 레야는 그때의 악몽이라도 꾸는 순간인 진저리를 쳐 댔다.

더 많은 기사들을 데리고 다시 간다 하더라도 가망이 없는 일이다.

어느새 빗줄기가 그치고 날이 맑아졌다. 그렇다고는 하나 세상은 아직 어둠 속이다.

프라우는 새벽을 꿈꿨다.

이 잘못된 현실을 되돌리고 싶었다. 지금은 단지 그것밖에는 바라는 게 없었다.

독한 사람이지만 그도 슬픔은 느꼈다. 현실이 미치도록 싫은 것이다.

깨지지 않는 알 • 313

'누가, 누가 제발 도와다오. 신이어도 좋고 악마여도 좋다. 내 영혼이라도 내어줄 터이니 누가 좀 도와다오.'

그 바람이 어딘가에 닿았을까? 누군가 동굴에 찾아오기는 했다.

바로 당나귀를 탄 노인이었다.

입구에서 잠들려 하던 잘만이 벌떡 일어서 검을 빼어들었다.

"누구냐?"

더 이상 경계하지 않았다.

잘만의 날카로운 말소리도, 서슬 퍼런 시선도 없었다.

당나귀를 타고 온 호세라는 노인이 선뜻 도와주겠다는 호의를 내보였기 때문이다.

작금, 프라우 남작이 가장 필요로 하는 사람은 와룡반점의 주인이었다.

그만 발아래 둘 수 있다면 모든 전세를 역전시킬 수 있으리라 믿었기 때문이다.

그를 데리고 국왕을 알현하여 모든 사정을 설명할 것이었다. 알타 산을 자신의 영지로 편입시키게 되었다고 떳떳하게 아뢸 것이었다.

호세가 물었다.

"그래서 내가 뭘 해주면 되겠나?"

프라우는 그가 하대하는 것에 대해 속 좁지 굴지 않았다.
"정말 어떤 일이든지 가능합니까?"
"무슨 일이든 해봐야 아는 것이지······."
확답은 없었다.
하지만 도우려고 한다.
지푸라기라도 잡자는 심정으로 프라우는 부탁에 간곡함을 실었다.
"알타 산에는 와룡반점이라는 곳이 있습니다. 저는 그곳의 주인이 필요합니다. 그러나 주변에 대단한 이들이 버티고 있어 접근하기가 어렵습니다. 누구든지 약점이 있을 것이라 생각합니다. 제게 그의 약점이라도 있으면······."
무리가 있으니 돌아서 접근하겠다는 뜻이다.
호세는 머리가 나쁘지 않았다.
그가 요구하는 것에서 벌써 한발 더 나아가 그럴 만한 방법이 있는지를 떠올렸다.
목을 돌리고, 또 반대로 돌리고 하면서 생각을 거듭하던 그는 대충 감을 잡았는지 프라우를 보며 요구했다.
"일단 시간을 주시게. 그가 어떤 사람인지 알아봐야 하니까 말이야."

※ ※ ※

이후, 프라우 남작은 국경선을 넘었다. 더 이상 포르티젠은 자신의 영지가 아니게 되어서였다.

또한 호세가 돌아올 때까지 무사해야 하고, 그가 자신을 쉽게 찾을 수 있게 하기 위해서는 한 장소에 머물러 있어야 했으므로 부득이하게 그곳을 떠난 것이다.

그래도 프라우는 한 가닥의 희망을 안고 있었다.

'그 노인… 평범하지 않았다.'

태어난 이래, 이제껏 대해온 어떤 사람들과도 달랐던 그의 모습은 오히려 프라우에게 믿음을 심어주었다.

'성공만 한다면, 은혜를 잊지 않으리다.'

일만 성공시킨다면 프라우는 역전이 가능할 것이라 믿었다.

와룡반점의 주인만 있다면 얼마든지 다시 세를 일으킬 수 있을 터.

'그때는 나를 버린 왕국에 복수가 가능하겠지.'

대단한 바람을 품고 있는 프라우의 주변으로는 드레이지 마법사 길드에서 초빙한 7인의 마법사가 있었다.

마법사들은 호세의 일을 돕기 위해 자진해서 부른 것이었다.

사람을 해하는 일도 아니었고, 사적인 일이어서 마법사 길드에서는 거금을 받고 마법사의 파견을 허락했다.

그리고 그 거금은 프라우의 전 재산이나 다름없었다.

이 일에 자신의 모든 것을 걸었다고 봐도 과언이 아닌 것이다.

호세는 믿음을 저버리지 않았고, 와룡반점에 얼굴이 알려지지 않은 기사 둘과 함께 돌아왔다.

"어떻습니까?"

"가능할 듯허이."

프라우의 얼굴이 정말로 오랜만에 기쁨으로 물들었다.

더불어 기대 또한 넘쳐 났다. 아니, 벌써부터 확신하고 있었다.

호세는 프라우가 보이는 태도가 밉지 않았기에 최선을 다하기로 했다.

대신에 자신의 안전이 우선되어야 했으므로 마법을 펼칠 위치를 깎아지른 듯한 절벽으로 택했다.

그는 프라우를 완전히 믿지는 않았던 것이다.

장장 며칠 동안 복잡한 마법진이 그려지고, 호세는 도형 하나하나를 그릴 때마다 특별한 주문을 새겨 넣었다.

정령석과 마나석의 소모도 극심했다.

호세 또한 초조하기는 했다.

"이건 너무 많은 돈이 들어가네. 자네, 성공하면 날 잊으면 안 되네."

"그럼요, 어르신."

그가 필요하다면 장기라도 떼어주고 싶은 심정이었다. 후에 가면 어떻게 바뀔지는 모르는 일이지만 말이다.

호세의 남은 재산을 절반으로 줄여 버린 이 마법은 정말이지 심오하고 굉장한 도전이었다.

와룡반점 주인의 약점을 이곳으로 소환하는 것!

그것은 물질이 될 수도 있고, 생명체가 될 수도 있다.

호세는 또 한 번 강조했다.

"나는 그것을 부르는 것만 가능하네. 조정은 자네가 해야 할 걸세."

"여부가 있겠습니까."

프라우만큼이나 호세 또한 기대하고 있는 일이었다.

성공하면 자신은 마법 서적뿐만 아니라 역사서에서도 길이 회자될 것이었다.

마법의 신기원을 이룩한 위대한 자라고!

모든 준비를 끝마쳤을 때, 호세는 완전히 주위를 물렸다.

그리고 며칠 동안 마나를 축적해둔 수정구를 옆에 세워둔 후, 길고 긴 주문을 외우기 시작했다.

정오에 시작한 일이 저녁나절에서야 끝을 맺었다.

급기야 마법진에 휘황한 빛이 들어오기 시작했다. 하늘을 밝힐 정도의 그 강렬한 빛에 프라우 남작을 포함한 사람들은 저마다 눈이 부셔 고개를 돌렸다.

츠파앗.

정점에 달한 빛은 순식간에 사그라졌다.

그러나 별다른 변화는 없었다.

잠시나마 대낮처럼 환한 큰 빛을 일으킨 외에는 아무것도 없었던 것이다.

마법진은 빛과 함께 소멸해버렸다.

호세는 진땀을 흘리며 입을 열었다.

"하하하, 기다려 보게. 언젠가는 나타나겠지."

호세 자신도 무척이나 속이 쓰리는 일이었다. 하지만 그는 잦은 실패에 이미 면역이 되어 있었다.

반면, 모든 것을 잃은 저 프라우 남자는 자신을 내버려 둘 리 없었다. 여태 보인 호의도 이제는 미움으로 느껴질 뿐이었다.

"난 꼭 성공할 거라고 하지 않았네."

"……"

프라우는 호세의 말을 받아주지도, 그와 말을 섞지도 않았다.

그 맵찬 기세가 느껴짐에 호세는 더는 기다리지 않았다.

"건투를 비네."

이런 일을 예상이라도 했다는 듯, 그 한마디를 남기고 호세는 절벽 아래로 몸을 던졌다.

곤두박질을 치던 그의 몸은 머잖아 떠올랐다.

7서클이 넘지 않으면 엄두도 못 낸다는 비행 마법을 시전한 것이다.

깨지지 않는 알 • 319

그 자신이 정말 대단한 마법사라는 반증이었다.

싸울 수 있음에도 그러지 않은 건, 프라우 남작에 대한 미움이 별로 없었기 때문이다.

'실험 한번 했으면 되었지. 돈이 좀 많이 든 게 억울하긴 하지만……'

호세는 프라우에게서 그렇게 멀어져 갔다.

그것을 꼭 실패라고 보기는 어려웠다.

프라우가 원통해하며 그곳을 떠난 이후, 사라졌던 마법진이 다시 드러나며 한 남자가 나타났다.

"뭐여, 이건."

소주로 나발을 불고 있던 동준이 알딸딸하게 취한 채 주변을 두리번거렸다.

경치가 이상한 곳이었다.

자신은 산을 오르지 않았다. 자살을 생각했어도 산보다는 한강을 선호하던 그다.

하물며 이런 벼랑 끝에 있을 리가…….

"끄윽, 너무 취했나?"

고개를 털었지만 정경은 변하지 않았다.

"뭐여, 뭐시여!"

소싯적 배운 사투리로 분위기를 험하게 바꿔보려 했지만, 주눅 드는 상대란 없었다. 자연은 서툰 사투리 협박에는 굴

하지 않는 것이다.

이해할 수 없는 현실에 동준은 술이 홱 깨려 했다.

그리고 이제는 무서워졌다.

그는 소주병을 꽉 쥔 채 땅에 엉덩방아를 찧었다.

"내가 무슨 죄를 저질렀다고……."

와룡반점을 잃고, 생활은 파탄지경에 이르렀다.

그가 가입한 보험이 자연재해에는 적용이 되지 않는다는 게 결정적인 이유였다.

다누라, 아들 보는 게 무서워 밖으로만 나돌았다.

방황하는 그를 반기는 건 술밖에 없었다. 그런데 이젠 술까지 못 먹게 한다.

갸오오오을~

어디서 괴상한 울음소리가 난다.

이제야 바람이 차갑다는 게 느껴졌고, 두려움이 엄습해왔다.

'여긴 도대체 어디?'

❋ ❋ ❋

깨지지 않는 알은 주방에 놓여졌다.

동칠은 종종 알을 쳐다보았다. 그러다 보니 언젠가 저것을 깨먹어야겠다는 생각도 시들해졌다.

그냥 관상용으로도 괜찮은 것이다.

하지만 동칠보다 알에 더 애착을 보이는 존재가 있었으니, 바로 만드라고라였다.

만드라고라는 동칠이 안 보일 땐 알을 만지기도 했고 얼굴을 부비기도 했다.

동칠이 자러 간 이 시각에도 알이 있기에 만드라고라는 외롭지 않았다.

잠을 잘 땐 알에 기대어 자는 일이 다반사가 되어버렸다. 알은 주방에서 열기가 걷혀진 저녁에도 푸근하고, 따스했다.

보통의 알도 아닌 드래곤의 알.

엄청난 지적 생명체!

그것은 태어나기 전부터 스스로를 느끼고 주변을 살필 수 있었다.

껍질을 깨고 나갈 때가 임박해서인지도 몰랐다.

이 느낌. 이곳은…….

어둠 속에 두루뭉술하게 내부의 풍경이 그려진다.

뭘 하는 곳이지?

심연 속에서 알은 사색했다.

따뜻함.

내게 기대고 있는 건?

기이하게도 잠을 자고 있는 만드라고라에게 알로부터 공

명음이 들려왔다.
 -만드라고라 여왕이 왜 여기에 있지?
 만드라고라는 그 소리를 들었지만, 꿈에 보이는 양파밭에서 헤어나지 못하고 있었다.

                                        3권에 계속

www.mayabock.co.kr